VEINTE CARTAS
A MI MADRE
Y UNA A DIOS

Veinte cartas a mi madre y una a Dios

Agustin Carranza

Número de Control de la Biblioteca del Congreso de EE. UU.:		2014917808
ISBN:	Tapa Dura	978-1-4633-9346-5
	Tapa Blanda	978-1-4633-9345-8
	Libro Electrónico	978-1-4633-9344-1

Información de la imprenta disponible en la última página.

Fecha de revisión: 11/05/2015

Para realizar pedidos de este libro, contacte con:
Palibrio
1663 Liberty Drive
Suite 200
Bloomington, IN 47403
Gratis desde EE. UU. al 877.407.5847
Gratis desde México al 01.800.288.2243
Gratis desde España al 900.866.949
Desde otro país al +1.812.671.9757
Fax: 01.812.355.1576
ventas@palibrio.com
677403

ÍNDICE

DEDICATORIA

Dedico éste humilde pero sincero libro a mi hija; Ma. Del Rosario, quien con su ausencia ha permitido llenarme de amor por ella y conocer lo que esto significa por los hijos. La distancia entre ambos me ha ayudado y me ha servido para ver más allá de solo necesitarla, más allá de sólo querer mirarla y más allá de sólo decirle... ¡Te amo!

Gracias por ser mi hija... Porque así soy bendecido.
Gracias por estar en la distancia... Porque con ella aprendo a amarte de verdad.
Gracias por tu silencio...Porque con él descubro como hablar contigo.
Gracias por las miradas que no me das... Porque por ellas veo a Dios.
Gracias por las sonrisas que no tengo de ti... Porque por ellas aprendo a sonreír.
Gracias por las palabras que no me dices... Porque por ellas hablo contigo.
Gracias por las oraciones que no escucho de ti... Porque por ellas me conecto contigo.
Gracias por las veces que evocas mi nombre,.. Porque así estoy contigo.
Gracias por mirarme en la distancia... Porque del otro lado estoy aguardándote.
Gracias por soñar conmigo... Porque gracias a tus sueños, este libro es realidad.
¡Gracias!... ¡Infinitas gracias por ser mi hija!

♥ Que éste libro sea pues, un tributo al amor por mi hija ♥

AGRADECIMIENTO

Inolvidable e inesperada la noche que vino a mí y platicó conmigo. ¡Fue todo tan único y tan mágico! Que agradezco infinitamente a Dios por habérmelo enviado para comunicarme lo que tengo que hacer. Doy gracias a uno de mis Arcángeles, a Gabriel, por haber venido a despertar mi sueño y poner mis ojos en la realidad de mi deber. Gracias muy especiales al Arcángel Uriel, que es mi Arcángel personal, por todo su apoyo y por toda su guía a través de éste libro. A los Arcángeles Miguel y Rafael, miles de agradecimientos también, porque sin ellos nada sería posible. Mis cuatro Arcángeles conforman el más maravilloso equipo con el cual he trabajado y con quienes quiero, deseo y anhelo seguir trabajando por el resto de mis días. Desde lo más profundo de mi corazón les envío mis más sinceras e infinitas gracias.

☺Los quiero mucho☺

INTRODUCCIÓN

Hoy comenzaré a andar un camino donde mis pasos estarán marcados por el ansia de búsqueda, por el afán de luchar y por la esperanza de encontrar a ese ser amado, que sin aviso alguno, y sin saber el motivo partió de mi vida. No recuerdo en éste momento, nada de lo pudo haber pasado para que se fuera de ésa forma sin decir adiós y sin saber si volvería. Lo que sí sé y siento, es que a pesar de todo, a pesar del tiempo, de la dolorosa experiencia de su abandono y de la cruel burla del destino conmigo, aún sigo extrañando su sonrisa. Sigo escuchando en mi lejana memoria, sus canciones, sus palabras de amor en mi oído y todas las locuras que hacía para verme sonreír y estar contenta. Mis recuerdos aunque lejanos, con el paso del tiempo se hacen más claros y menos numerosos pues ya hace muchos años los que tengo sin saber de él, sin estar en contacto y sin sentir el rose de sus brazos amorosos, y la dulzura de sus palabras que solo él podía decirme.

Lo extraño tanto, que ninguno de los que están leyendo esto, saben cuánto me hace falta y cuanto lo he necesitado a mi lado, en muchos momentos de mi corta vida. Nadie lo sabe, porque ni yo misma lo sé. Lo único que si estoy consciente es que ya nada es igual desde que él no está a mi lado. Todo ha perdido la luz, porque la luz me la daba con su compañía y con su amor. Todo ha perdido alegría porque la alegría siempre estaba con él. Todas ésas locuras que hacía para que yo sonriera, y todos ésos gestos que mamá solo criticaba, eran para mí el mayor regalo de felicidad que a diario podía yo tener de él. Han pasado ya casi siete años y lo sigo esperando y extrañando cada día más. No se lo digo a nadie porque a nadie, incluyendo mi mamá, le interesa saber que me hace falta papa. Que lo necesito y que sería una niña completa al saber que aún me sigue amando como yo siempre lo he amado a él.

Me gustaría saber si aún sonríe, si sus gestos siguen en su cara y si aún está dispuesto a extenderme sus manos de amor, y a darme sus palabras de aliento, y de esperanza. Ésta lucha que hoy comienzo, es solo el principio de todo el amorque le tengo a mi padre, y de todo lo que aún puedo ofrecer para estar cerca de él. No quisiera saber que sufre porque eso me dolería en el alma y no sé si lo soportaría, ni quisiera saber que llora, porque eso me haría llorar a mí también. Por eso, solo quiero saber dónde está papá y cuándo llegará el día en que los dos nos volvamos a re-encontrar para que él sepa de mí y para yo saber de él. Como mi edad son apenas nueve años y no tengo ni los medios, ni sé cómo buscar a mi papi, siento que la mejor forma de conseguir lo que anhela mi vida, es escribirle al mundo lo que siento y todo lo que necesito, para que el mundo sepa que el tener un padre a su lado, es lo más importante y lo más valioso en los hijos. Tengo la fe y la esperanza que después de leer mis líneas y mis cartas, haré conciencia y podré llegar a mi papá por medio de ellas y a través de los que están leyendo lo que un corazón de niña afligida, sola, triste, falta de amor de padre y con muchos sueños de encontrarlo puede hacer.

Señor, Dios, también he recurrido a ti a diario y a cada momento de mi vida, para pedir tu ayuda y tu luz y así saber cómo llegar a papa. Por eso es que ésta vez, hago presente lo que tanto siente mi corazón y lo que quiero decirte a través de éstas cartas. Espero Señor, sepas guiarme por el camino correcto para llegar a papá y hagas que lo que hoy escribo aquí, sirva a todos para darse cuenta que el tesoro más grande no son las riquezas, las posiciones en la sociedad o las distinciones diplomáticas, sino el amor de los padres y la unión familiar. Te amo Señor y por siempre te amaré. Mamá también a ti quiero dirigirme en estas líneas, pues es a ti, a quien en todas mis cartas pido siempre ayuda. Te quiero mamá y nunca dejaré de hacerlo, pero quiero también que sepas que los hijos no sólo somos felices con el amor de la madre, nos hace falta el amor de nuestro padre para estar completos.

Así que, agradeciendo a Dios por su amor, y dándote gracias a ti mamá por todo lo que has hecho todos estos años por mí, les pido a ambos me ayuden en la búsqueda que hoy comienzo y que será la aventura más difícil y satisfactoria de mi vida.

Gracias a quienes leen esto, esperando me ayuden también. Lo que leerán a continuación, son solo unas cartas que he escrito en mi soledad y en la profundidad de mi falta de amor paternal. Sin más comentarios y para que sepan cuanto amo a mi padre, les dejo que comiencen a leer mis **"20 CARTAS A MI MADRE Y UNA A DIOS"**. Gracias a todos por su atención y por su amabilidad:

Con amor y con esperanza lucharé por vivir

CARTA UNO

QUIERO HABLAR CONTIGO... UN POCO SEÑOR

**"LIMPIA MI CORAZÓN, FORTALECE
MI ALMA Y DA LUZ A MI SER"**
Agustín Carranza :/II

Hoy es un día como la mayoría de mis días. Un día donde debo atender mi escuela, hacer mis tareas, estudiar, comer y todo lo que una niña de mi edad normalmente hace. Pero fuera de todos mis deberes y diversiones de niña, hoy es un día para mí, muy especial y muy grande porque en éste momento siento un incontrolable deseo de platicar, de hablar, de decir muchas cosas y de pedir otras tantas. De camino a mi casa, vi como jugaban mis amiguitas y como se divertían bajando por la res baladilla que está en el parque de la esquina de mi casa. Hacían mucho alboroto pues estaban felices y se les notaba a leguas. Yo me acerqué a ellas y aunque somos amigas, por esta vez traté de que no me vieran porque quería disfrutar de su contagiosa algarabía llena de alegría y de muchas sonrisas pero sin que se dieran cuenta, ya que cuando nos reunimos todas, nosotras somos las niñas más alegres y más unidas que puedan imaginarse ustedes. El parque es no muy grande, pero lo suficiente como para darnos buenos momentos a todos los que vivimos cerca de él. Es muy bonito desde donde quiera que uno lo vea, porque cuenta con árboles y muchas flores de todos los colores y de todos los tamaños y esto hace que luzca más lindo aún. Hay un pequeño lago artificial donde nadan unos patos tan preciosos y geniales que no podría describírselos, pero sí sé, que tienen unos colores originales e inolvidables. Además, pareciera que nunca se ensucian pues están impecables y muy llamativos. Siempre veo que papá pato es la cabeza de un desfile interminable y único, que me llena de gran amor con solo verlos pasar junto a mí, pues pareciera que a ellos también les agrada mi compañía y acercarse es su forma de hacérmelo saber. Entre los árboles siempre hay pájaros que me deleitan con unas canciones que ustedes mismos pueden disfrutar si algún día vienen a mí parque. Les aseguro, que mi parque aunque no es muy grande, es el más bonito que jamás haya existido. Bien, ahí seguían mis amiguitas jugando sin poder verme porque yo estaba medio escondida y así podía ser feliz con solo verlas felices a ellas. Yo estaba sentada bajo la sombra de un arbusto, sobre la alfombra siempre verde y siempre fresca que me llenaba de vida al solo sentirla. Sobre de mi cabeza, se oía el canto inigualable y celestial de los pájaros, y en la distancia, podía distinguir a papá pato y a toda su familia haciendo el desfile del día. El cielo esta tan limpio y tan azul que los rayos del sol me acarician suavemente atreves del arbusto donde me encuentro apoyada. El marco donde estoy ahora, es un marco para el recuerdo y para la posteridad porque nunca en mi vida lo voy a olvidar. Ahora que estoy aquí sentada disfrutando de las bondades de la naturaleza y de la alegría que mis amigas me están dando, aprovecho también, para alzar mi mirada al cielo y admirar la grandeza de Dios… la grandeza que papa Dios tiene con nosotros. Él me mira desde donde se encuentra y con el viento me manda una caricia suave y delicada para hacerme saber que está conmigo como siempre lo á estado. Yo siento y vivo sus caricias y sus palabras porque nunca me abandona y si al contrario, en todos los momentos de mi vida está presente. Así que al saberlo cerca de mí, aprovecho para hablar con Él y contarle algunas cosas que me están haciendo llorar por dentro y que hacen que mi corazón se sienta muy triste. Por un momento veo que Papá Dios está ocupado, así que no me doy, ni me daré por vencida y comenzaré por llamarlo y decirle **"Quiero Hablar Contigo Un Poco Señor"** pues estoy más que convencida y más que segura que me escuchará. A continuación podrán saber qué es lo que le digo a Papá Dios. Gracias y sigamos luchando por ser mejores seres humanos, más llenos de amor y de perdón para alcanzar la felicidad que Él nos tiene reservada, porque así lo quiere eternamente. Ahora me ausento porque **"Quiero Hablar Contigo Un Poco Señor"**.

QUIERO HABLAR CONTIGO UN POCO SEÑOR

¡¡Pisssttttt!! ¡¡Pisssssttt!!
¡Pisssttt! ¡Pisssttttt! ¡Señor!
¡Pisssttt! ¡Señor!…
Señor hoy quiero hablar contigo.
Y aunque tú sabes lo que hay en mi
También sabes por qué es que estoy aquí.
Pero es porque me siento sola… porque no siento abrigo.
Experimento la infinita sensación del olvido
Cuando busco de mamá, ¡Sus palabras de amor!
Y cuando quiero sentir del sol su calor,
Porque aunque me esté quemando, siento que no lo é recibido.
Señor, muchas veces reniego de las cosas que me pasan
Porque tal pareciera que nací solo para estar sufriendo
Pues mientras otras personas están felices sonriendo
De mí se olvidan la alegría, la dicha y la paz.
Porque entre más extiendo mis brazos… ¡Mis brazos no las alcanzan!
Sé bien Señor, que tu fortaleces mi carácter
Con todas las pruebas y obstáculos que pones a mi paso.
Así como también sé, que por ti murieron muchos mártires
Y que ahora felices gozan de tu reino y que están en tu regazo.
¿Por qué es que la vida me trata así?
¿Por qué no puedo ser una niña normal?
¿Por qué mi papá que amo tanto, no está aquí?
Siendo sincera Señor, para mí no es suficiente solo el amor maternal.
Por eso te pido Señor, que ablandes el corazón de mi madre.
Que todo lo ofuscado de su ser lo transformes en armonía
Que ésos malos sentimientos los deje en el olvido
Y que todo su llanto de sufrimiento se haga de amor una melodía.
Te ruego que le des fortaleza para luchar con verdad en la vida.
Te pido le siembres la semilla del perdón para que alcance la paz.
Y te suplico la bendigas para que su alma sea solo Buena.
¡¡Ahhh!! Y no permitas haga ajena la luz de tus ojos.
Ni el bendito y maravilloso regalo de tu amor.
Ayúdale a ver que el dolor, es algo para que ella sea más sensata.
Que las piedras que encuentre a su paso son solo muestras de crecimiento y que
el sentimiento oscuro que ahora vive en ella
Puedas transformarlo en eterna primavera,
Para estar unidas y contentas siempre.
Hazle saber Señor, lo que se siente ser amada.

Lo que se vive siendo buena,
Y lo que se pude experimentar no estando sola…
…Sino estando acompañada.
Llénala Señor, con la paciencia de tu alegría
Y permite que vuelva a ella toda esa dicha que ayer tenía para que a mi… A mí
me permita disfrutar de mi padre.
¡Oye Señor!
No quiero que te enfades con mis palabras
Porque aunque solo me escuchas y no me hablas.
Sabes que quiero desahogar contigo unas cuantas verdades:
Decirte que cuando voy caminando por las calles
Siempre se me forma un nudo en la garganta
Y es que las ganas de llorar son tantas
Que no puedo evitar derramar el llanto.
Ayer…
Ayer vi como una niña caminaba de la mano de sus padres.
Ellos la alzaban alegres y sonreían al verla reír a ella.
Ella era una niña como ninguna otra… ¡Alumbraba cual estrella!
Y yo… yo lloraba de alegría y de envidia sana por verla tan contenta.
Y es que esa niña por tenerlos unidos no se da cuenta
¡Cuánto hace falta el amor de los padres!
Por eso Señor, aunque solo me escuchas y no me hablas
Quiero confesarte que extraño el calor de hogar.
Síí…
Sí, ése que solo se puede encontrar cuando la familia está unida.
Unida sin que nada ni nadie los pueda separar.
Y es que el calor de hogar es lo mejor de la vida
Y es lo que crea las bases sólidas para ser triunfadores.
Para ser los amores que tú mismo quieres que seamos.
Sé que eres bueno, muy bueno Señor conmigo
Porque cuando más sola me siento,
Tú me tomas en tus manos, me haces volar como el viento
Y me dices con infinito amor que siempre cuento contigo.
Que no me deje afligir porque eso es sufrir.
Y que el propósito en tus hijos no es ése, sino verlos vivir.
Sé que lo que haces conmigo es darme tu abrigo y tu calor
Y todo ese infinito amor que tienes para nosotros.
Que paz tan inmensa experimento al contarte todo lo que me pasa,
Al decirte todo lo que siento y al recordarte que para ser feliz
A mi papá lo necesito también en mi casa y no solo a mamá.

Señor, tu sola mirada conforta mi alma.
La serenidad de tu rostro me llena de paz.
El amor que tienes para mí, me da la calma que tanto necesito
Y te confieso que cuando estoy sola no tengo miedo porque siempre…
Siempre conmigo tú estás.
Señor hoy mis ojos se llenaron de llanto
Era tan incontrolable que ni yo misma lo podía detener
Y es que pasan los años y hace tanto, tanto tiempo…
Que no quiero solo vivir del recuerdo de mi papá, porque me hace falta. Pues a mi papá conmigo lo quiero por toda mi vida tener.

Nadie me vio llorar porque nadie estaba a mi lado.
Siempre que me pasa algo, lo lloro a solas y lo callo sólo para mí…
Ya que mi mamá…
¡Mmmmhhhh!
Señor, mi mamá…
Mi mamá todo el tiempo me ha tratado con indiferencia
Y es que muchas veces siento, que para ella mi presencia
Más que hacerle bien, para ella es un martirio.
Por eso es que yo siempre lloro.
Por eso Señor, es que yo no vivo.
Y no creo poder vivir así por mucho tiempo.
Ahora quiero que me perdones Señor por interrumpirte
Y por decirte un poco de lo tanto que me pasa y yo siento.
Pero eres el único que me ama.
El único que sin cansancio me escucha atento
Y el único que cuando creo desfallecer,
Cuando ya he perdido el aliento.
Eres tu Señor, el único que vuelve su mirada a mí
Y el único que me hace volver a creer.
Señor, Dios, Gracias por tu atención prestada
Y gracias, porque con nada puedo pagarte lo que haces por mí.
Llegue triste y llorosa… Me voy alegre y emocionada
Porque nada hay que no puedas resolver con tu luz.
Señor es momento de retirarme,
De alejarme para que otros hablen también contigo
Y para que otros también puedan sentir tu presencia.
Señor, Dios, gracias por escucharme
Gracias por hacerme sentir mejor
Pero sobretodo, gracias por darme una vez más

La prueba infinita de tu maravilloso amor.

Gracias…

¡Gracias Papá Dios!

Se despide de ti, Papá Dios…

Tu hija:

La hija que te ama eternamente.

Termine de hablar con Papá Dios y me sentí mucho mejor y más tranquila. Toda la angustia y todo el sentimiento que traía mi corazón lo deje salir para liberarme y así, sentir mi carga más ligera. Sé que Papá Dios me ha escuchado porque estoy sintiendo su caricia por medio de éste viento suave, como también, a través de la tibieza de los rayos del sol. Gracias Papá Dios por escucharme y por estar conmigo siempre, y en todo momento.

-De pronto me sacaron de mi comunión con Dios, los ruidos y las carcajadas de mis amigas y volví a la realidad.-

Bajé del cielo y pisé tierra otra vez. Así que opté por ponerme de pie y levantar la mirada una vez más al cielo pero ahora más feliz que cuando llegue al parque, y así comencé a caminar rumbo a casa.

Grite a viva voz lo bien que me siento esta vez, y pasando junto a mis amigas, las saludé, les di gracias por ser mis amigas, por haberme hecho feliz el día de hoy, y ya luego, me despedí de ellas, para partir contenta y con Dios en mi corazón al lado de mamá.

Ahora solo me resta pedirles y recordarles que debemos luchar hasta el final por lo que realmente amamos. ¡Hasta la próxima!

Pd. Una vez oí que papá me dijo:

"Hija, si Dios está contigo, nadie contra ti y todo lo puedes hacer"

CARTA DOS

¡MAMÁ!...
MAMÁ, QUIERO SABER
¿DÓNDE ESTÁ PAPÁ?

**"QUE EL EGOÍSMO SIRVA SOLO PARA
VER NUESTROS ERRORES"**

Agustín Carranza :/II

Hoy es sábado, fin de semana, día que se supone es familiar, y mamá está trabajando como lo ha hecho desde que estamos viviendo en ésta casa. Son las seis de la tarde y yo estoy aquí sentada sin saber ¿qué hacer ni a dónde ir?

Me encuentro sola y yo quisiera que mamá estuviera conmigo pero cada vez es más lo que trabaja y menos lo que estamos juntas. Me duele ver como se esfuma el tiempo entre casa, escuela, amigos y deberes domésticos y mi vida sigue siendo igual de vacía desde que papá no está a mi lado.

Ya han pasado muchos años desde ése día y aún sigo pensando en él. Hoy quiero que mamá este aquí, porque no me siento contenta y porque tengo un coraje contenido, que quiero gritar. Quiero sacar todo lo que me quema en el pecho y todo lo que agobia mi corazón, sin embargo, como ha pasado en los últimos años de mi vida, estaré sola otra vez y será mi soledad la compañera fiel, de éste mi otro fin de semana.

Ya salí de mi cuarto y me dirijo a la sala donde está la televisión, pero la televisión no es suficiente cuando se siente esto que ahora estoy sintiendo. Así que no la prenderé ni la veré pues sé que nada bueno me dejará eso. Yo lo que quiero es que mamá este junto a mí, para sentirme mejor y sentir su amor aunque sea un poquito.

Ahora me salgo al jardín un poco, para tratar con el aire fresco en mi cara, calmar el coraje y la rabia que siento pero creo que no da buen resultado esto porque aún sigo enojada con la vida, y sentida con mamá por no estar aquí; pero sobretodo, por no querer decirme nada sobre papá.

Como me quema esta impotencia de querer estar al lado de mi papá para platicar con él y sentir sus abrazos y oír sus palabras pero no sé qué hacer para encontrarlo, y para saber un poco de él. Estoy segura que mamá sabe muchas cosas que no me ha querido decir, por eso es que estoy con ésta pena en el alma que nada calma… ¡Solo mi padre!

Cada vez se hace más noche, ya son las nueve y mamá aún no regresa del trabajo. Yo además de enojada, me siento cansada y quiero descansar, pero estar con papá y con mamá para saber que se siente estar con sus padres una noche entera porque la última vez que la sentí, está solo en mis lejanos recuerdos, guardada en algún rincón de mi memoria pues de eso, imagino que ya hace mucho que sucedió.

Creó que empiezo a volverme loca porque ya quiero hablar con mi mamá aunque no esté aquí presente pero es que la inmensa necesidad de saber algo acerca de mi padre es más grande que yo, por eso es que:

Mamá, Quiero Saber ¿Dónde Está Papá?

¡MAMÁ!...
MAMÁ QUIERO SABER
¿DÓNDE ESTÁ PAPÁ?

Mamá…
¿Dónde está papá? Es la pregunta que te hago…
No me digas que no sabes, porque no es así.
Bien sabes ¿Por qué él no está aquí?, y tú me lo estás ocultando.
No sé ¿Por qué te empecinas en estarlo callando?
Cuando ves que yo por dentro, de dolor estoy muriendo.
Sabes cuantas ganas tengo de verlo, de poderlo abrazar,
De mirarlo a la cara y de decirle que no quiero perderlo.
De decirle que me hace falta para sonreír con él.
Para confesarle que ayer me porte mal contigo
Y que tú en medio de tanta soledad,
No te acuerdas siquiera de darme aunque sea un poquito de tu abrigo.
¡Porque tienes enfermo de rencor el corazón!
Pues, tu única verdad,
Tu única razón es poder hacerle daño a él que es mi padre.
Por favor mamá, ya no hagas más daño y habla con la verdad.
¿No crees que ya sea suficiente, me llenes de mentiras?
Que mientras yo sufro por su ausencia, tú me digas
Que se fue sin que tú sepas a donde es que él lo hizo.
Eso mamá…
¡¡Eso no te lo creo!!
Porque aunque apenas yo era una niña cuando el partió
Sé que por dentro también él murió al verme por última vez en su vida.
Y aunque para ti solo fue un crudo y eterno adiós
Para mí y para él fue una dolorosa despedida.
Y desde entonces…Tú ¿Qué has hecho por mí?
Solo llenarme la cabeza con tus mentiras
Porque nada bueno del él me dices
Y aunque crees que no te escucho, sé bien que lo maldices
Y que solo le deseas lo peor de esta vida,
Sin reparar siquiera que la del alma perdida ¡Eres tú!
Tú, quien por tanto veneno que destilas y al desearle a mi papá lo peor
Lo único que haces es aumentar a mares el rencor y hacerte daño tu misma.
Por eso mamá, vuelvo a preguntarte:
¿Dónde?
¿Dónde está papá? -¡Que yo no lo sé!
¿Por qué es, que me niegas a mí, mi derecho de tener un padre?

No tengo la culpa de tus errores, de que hayas fallado como mujer.
No tengo la culpa que mi papá ya no te quiera volver a ver.
Mucho menos tengo la culpa que a papá ya no lo veas o ya no le hables.
¡¡Yo no tengo la culpa de absolutamente nada!!
Soy inocente de sus malas decisiones
Y de que sus corazones estén así de rotos.
Así que no culpen a otros mamá de lo que ustedes mismos hicieron.
Ya lo vieron,
Ya se dieron cuenta que debían ser más conscientes del amor
Para que el dolor no invadiera
Como me está invadiendo a mí por culpa de ustedes dos.
Anda, por favor dime…
¿Qué hice para merecer que conmigo te desquites?
¿Qué hice para que sea yo quien pague por tus errores?
Para que me desprecies y me trates mal
Y mientras haces eso conmigo, papá, no sé Dios ¿Dónde andará?
Y no sé si él sufre lo mismo que sufro yo.
Mi papá es bueno, yo lo sé y tú lo sabes también.
Solo que por hacerle caso no sé ¿A quién?
Lo has perdido mamá. Y ahora…
Ahora que lo sabes lejos de ti, creo que te hace feliz el verme sufrir
Porque lo único que me haces, en vez de amarme… ¡Es herir!
Tus palabras…
Tus palabras son veneno puro.
La verdadera muestra de todo lo negro que guarda tu corazón
Y aunque tú sabes que yo tengo la razón…
…No me quieres decir ¿Dónde está mi papá?
Mamá, háblame de papá.
Dime, ¿Cómo era él con nosotras?
¿Cómo se veían nuestros rostros cuando estábamos a su lado?
Dime, ¿Si era alegre o si le gustaba sonreír?
Porque hasta donde yo recuerdo, su vida éramos nosotras
Y papá sin nosotras…
…Sin nosotras no podía vivir.
¿Por qué nunca me hablas de papá?
¿Por qué tienes perdidas sus fotos?
¿Por qué esa manía de callar la realidad de tu vida?
¿Por qué no te das cuenta que tu alma esta extraviada?…
¡Tu alma está perdida!
¡¡Ya reacciona!!
No dejes que pasado el tiempo sean otros los que me hablen de papá

Porque eso mamá, eso también me dolerá.

Mamá, dime algo:

¿No crees que yo también tengo corazón?

¿Qué yo también tengo vida?

¿Qué también tengo ilusión?

¿No te has puesto a pensar por un momento?

¿Qué yo también sufro, qué yo también siento?

¿Que necesito a mi papá para ser feliz?

Es por eso te pido que hagas a un lado tanto dolor

Y comiences por decirme toda la verdad.

Explícame, ¿Por qué le niegas que sea padre mi papá?

Y ¿Por qué, es que no sé de él?

¿No te das cuenta que quiero saber si está enfermo?

Saber si está bien.

Mamá… Mamá yo no soy solo hija tuya

Ni tampoco eres Dios para decidir por mi vida.

No tienes derecho a dejarme seguir del amor de mi papa perdida

Cuando tu mamá…

Cuando tu quizá, fuiste la culpable de que papá se haya marchado de ti y me lo hayas quitado a mí también.

Así que estoy lista y esperando.

Llena por favor este vacío que hay en mí y no te quedes mirando así, porque quiero escucharte.

¡Soy tu hija y tengo derecho a saber la verdad!

Ya sabes mamá…

Aquí te sigo aguardando para cuando quieras empezar a hablar

Y para cuando quieras comenzar a sincerarte conmigo.

Aquí sigo y así seguiré hasta que tú misma lo decidas.

O hasta que las vidas de papá y mía se vuelvan a unir.

No sé cuanta paciencia voy a tener por ti

Lo que sí sé es que estoy ansiosa de saber de papa.

Bueno mamá, me despido por ahora y aunque mi ser añora amor,

El dolor de tu silencio sigue siendo más grande

Pero más perecedero es mi Señor.

Te seguiré aguardando para cuando decidas hablar.

No sé, qué hora es ya, pero el coraje, la soledad y la desesperación por no saber nada de mi papá me están haciendo perder el control. ¡Estoy cansada, muy cansada!

Ya regresé a mi cuarto, me tendí en la cama y mamá aún no llega. Ya no sé dónde pueda estar porque ni siquiera me llama para decirme que me quiere y que ya pronto estará a mi lado.

He estado esperándola desde la mañana, hora en que salió a trabajar y bueno, ya ni siquiera volteo a ver el reloj pues no tiene caso porque sé que otra vez volverá a ser lo mismo.

Cuando ella llegue yo estaré dormida y si tengo suerte, descansará mañana, para, ¡Espero estar juntas!

Por lo pronto, yo me estoy quedando dormida y me pongo en manos de Papa Dios para que me siga protegiendo y dando fuerzas para luchar por mi papá.

Buenas noches a todos y que Dios los bendiga.

La niña que se cansó de esperar y se quedó dormida.

Tu hija que te ama mucho

Pd. No dejemos que el dolor, mate el amor por los padres.

CARTA TRES

Mamá…
Mamá ¡sigo aguardando!

"PACIENCIA, UNA LLAVE DE CRECIMIENTO Y AMOR"
Agustín Carranza :/II

Hoy es otro día lleno de desconsuelo en mi vida. Es Domingo esta vez y mamá como siempre, no está en casa. Aquí dentro todo es lo mismo. Ya arreglé mi cama, limpié todo lo que más pude y estoy solo pensando cosas que no debería pensar. Ojalá mamá llegue pronto para estar con ella y poder sentirme más en paz conmigo misma y así alejar todo esto que revolotea por mi mente. Me saldré un poco al jardín para ver si así se me pasa el tiempo más rápido.

Bueno ya estoy aquí en este jardín rodeada de flores de todos los colores, de aire fresco que entra en mis pulmones y de este sol maravilloso que me ilumina. A través de la cerca puedo ver que en la casa del vecino hay mucho movimiento, mucho ruido y mucha alegría. Se escuchan muchas voces y muchos gritos y en el otro lado de la misma casa se oyen enormes carcajadas. Deben estar festejando algo porque siempre ahí es lo mismo. Se me hace que es una familia muy festiva y que de cualquier cosa hacen tremenda tertulia. Ha habido veces que solo de escucharlos reír tan fuerte, yo me contagio y me rio a solas acá en mi jardín, y quizá sin darme cuenta será por eso que disfruto mucho venir a este lugar.

Sigo escuchando mucho alboroto y mucha alegría en casa de mis vecinos y de eso ya ha pasado mucho tiempo. Son casi las cinco de la tarde y yo sigo aquí olvidando mi soledad y riendo sin que se den cuenta que lo hago. Pareciera que estoy loca pero no es eso, es esta maldita falta de mamá y de papá la que está haciendo que en muchas ocasiones me salga del mundo real y divague por mundos donde nadie más ha estado, ¡Solo yo y mi imaginación!

El cielo ya empezó a cubrirse de nubes tenues y el calor ha dejado de ser fuerte para tornarse más soportable. El viento sopla como queriendo platicar conmigo, los pájaros siguen fieles como siempre en el mismo árbol que recuerdo desde que llegamos aquí y están cantándome la melodía que ellos saben que tanto disfruto y que me hace llorar.

A pesar de todo lo sola que me encuentro, hay cosas que me manda Dios para que no me sienta tanto. Tengo los vecinos que sin que ellos sepan me hacen feliz de cierta forma. Tengo mi propio grupo musical que siempre me acompaña, me canta y me hace más amena mí vida. Esta el sol que me ilumina y me da calor, el viento que como muchas veces, hoy está a mi lado, y acariciándome pide que no me sienta mal y que solo quiere verme sonreír.

Aquí en medio de todo esto me siento al pie de mi árbol favorito, acompañada de estas lindas flores que forman la alfombra más única jamás vista. ¿Pero qué es esto? Está bajando una preciosa ardilla por el árbol donde estoy recargada y muy salerosa me sonríe y lo mejor de todo es que le entiendo lo que me está diciendo…

-¡Hola! -Hola pequeña linda, ¿Cómo estás? Veo que como siempre estás sola otra vez. Yo te miro desde allá arriba donde tengo mi casa y están mis hijos, que por cierto te mandan saludos ellos y mi esposa ardilla. No quiero que estés así y piensa que Dios es sabio y que pronto estarás donde quieres estar y sonreirás como siempre lo has deseado. Vine para decirte lo que hace mucho quería que escucharas; sé que aunque tú no sabías de mi existencia, yo siempre he estado al pendiente de ti y siempre he seguido cada paso que das por el jardín porque te amo y porque aunque no lo creas, me duele verte sufrir de esa manera. Te pido por favor, que trates de no llorar más y sí de luchar por ser feliz y por alcanzar las metas que te has propuesto. En mí encontrarás al amigo que hasta éste momento no tienes y al ser que en tus momentos de soledad y de ansia puede escucharte.

Mira hacia arriba, ¡Sííí! ¡Sííí! Así. Hacia arriba. Allá podrás distinguir como mi familia te adora y te saluda, ¿La ves? Ellos también están preocupados por ti y me pidieron que por fin bajara para decirte lo que has oído. Todos queremos que sepas que estamos contigo siempre y bueno, que decir de mis compadres, lo pájaros y sus familias, todos te amamos y nos duele ver que siempre lloras.

De pronto sin darme cuenta y no sé de donde, saco una florecita tan chiquita para mí pero tan grande para mi corazón que me conmovió y me hiso llorar. La deposité en mis manos, me miró fija, me dio un beso y sin decir más, dio media vuelta y alegre comenzó a trepar el mismo árbol por donde bajo. Ahí seguí yo sola como siempre y esperando a mamá para platicar con ella de todo lo que me pasa en la vida, pero mamá no ha llegado y sin embargo quiero decirle que la amo, que la extraño pero sobretodo que necesito escuchar muchas cosas que debo saber.

Ya es noche, el frío comienza a sentirse hasta los huesos, la luna comienza a salir y yo estoy aún aquí con la esperanza de que venga mamá. Ya mis amigos creo se cansaron de acompañarme y se quedaron dormidos pues ya no los escucho cantar. Mis vecinos también ya apagaron las luces y solo reina la obscuridad. Todo está en silencio pero yo sigo aquí **"Mamá... Si, Mamá, ¡Sigo Aguardando!"** para que podamos hablar.

MAMÁ...
MAMÁ ¡SIGO AGUARDANDO!

Mamá...
Mamá, ¡Ayer me quedé aguardando por tantas cosas!
Esperaba que me dieras un abrazo.
Que me apretarás a tu regazo, y me dijeras que me amas.
Que soy importante en tu vida.
¡Aaaaaaaaaaaaaaaaaaaaahhhhhh!
Y no creas que se me olvida la pregunta que te planteé.
Y aunque parece que fue ayer,
Ya hace mucho tiempo que quiero compartir contigo lo que siento.
Decirte todo lo que me atormenta, pasarte la cuenta
Y ponerte al día con las penas que tengo.
Y aunque no sé ¿Cómo es que de pie me sostengo?
Muchas veces he sentido que aunque salga el sol...
Ni el mismo sol me calienta.
¡¡Ya mamá!!!
¡¡Mamaaaá!! ¡¡Yaaaa!!
Mamá, por favor dime, ¿Por qué siempre que te empiezo a hablar,
Tus ojos se humedecen... Te ves ausente?
¿Por qué estas completamente distraída?
Es que acaso, ¿No te importa lo que le pasa a mi vida?
¿O es qué prefieres que calle?... No me quieres escuchar
Mamá, mamá...ya no quiero que volvamos a llorar
Por toda esta soledad que sentimos.
Mejor hagamos a un lado todo lo malo que hicimos
Y volvamos a empezar.
Sé que decir las cosas es muy fácil.
Que decirte que olvides el pasado es muy simple.
Especialmente cuando uno no vive, todo lo que tú has vivido,
Ni cuando se tiene el corazón así...
Así de herido como desde hace mucho tiempo lo tienes tú.
Pero, ¿Por qué no me has querido escuchar nunca?
¿Por qué siempre que quiero saber algo, evades mi pregunta?
Te alejas con indiferencia, ignoras mi presencia
Y te pones a llorar.
Me dejaste esperando el día de ayer...
Espero que lo recuerdes muy bien, porque a mí...
¡¡¡A mí no se me olvida!!!
Lo único que pude ver, fue que tu única salida era huir.

Quizá porque no quieres revivir lo que tanto te hace daño.
Pero para mi mamá, pasan los días cual si fueran años
Y aún no te sientas a hablarme de frente.
No quieres escuchar, ni saber lo que mi corazón siente
Y cierras tus ojos ante éste gran vacío que tengo por llenar.
Mejor mamá, ¡Por favor empiézame a amar!
Haz que mi vida sea otra, ¡Haz que sea más alegre!
No me digas que por rencor no puedes,
Ni dejes que viva en esta amargura.
No permitas que me coma la total soledad.
Porque para ser sincera… Hoy he decidido decirte la verdad.
Pero ante todo necesito tu comprensión y tu ternura.
Mamá, por favor, deja de ponerte triste por lo que te estoy diciendo
No quiero verte así en este día que estoy llorando por dentro.
Si supieras lo difícil que es para mí decirte lo que siento
Secarías tus lágrimas y te pondrías a escuchar.
Mamá, ¿Es mucho pedir que me puedas amar?
Vaya, haz secado las lágrimas de tus ojos
Y por fin me pones un poco más de atención.
Gracias, gracias por dejar que se abra tu corazón
Y por dejar que tus oídos aturdidos, me puedan escuchar.
Solo te pido que me escuches atenta y que abras bien los ojos
No vaya a ser que por prestarle más atención a tus cosas,
Pases inadvertido lo que te digo;
Mira que lo único que pido en este momento
Es solo un poco de tu sinceridad
Porque la verdad de tus labios es la que me hará volver a vivir.
Así que te pido, que la sinceridad sea mayor que tu silencio.
Que no calles nada de lo que me tengas que decir
Y que por favor mamá, ya no temas…
Que ya más no me puedes herir.
Mira que mi herida está a flor de piel y es que la miel que ayer bebía se ha
tornado en amargura para mí,
Porque como vivo… ¡Más ya no se puede vivir!
Creo que ahora si capté tu atención con mis comentarios,
Así que seguiré hablando:
De antemano te pido me disculpes si te hieren mis palabras
Y perdones a este corazón herido que no para de sangrar.
Mamá quiero preguntarte:
¿Por qué todo éste tiempo solo me has hablado de ti?

¿Por qué nunca tu boca ha pronunciado una sola palabra, acerca de quién es mi papá?

Nunca te lo había dicho

Pero me siento decepcionada de mi misma.

Pues muchas veces creo que estoy sola porque no merezco ser feliz.

Quiero oír que hablas de mi padre.

Que sin importarte nada, me haces que lo ame.

Aún, a pesar que no está con nosotras

Y aún a pesar que tú lo sigues odiando.

¡Sí mamá!

¡Sí! -Dije sigues odiando... Porque solo eso puedo ver en tus ojos

Con el simple hecho de pronunciar las palabras, "Mi padre".

¿Qué fue lo que pasó?

¿Qué fue lo que salió mal?

¿Qué fue lo que permitió que papá se haya marchado así sin dejar huella?

Yo estoy segura mamá,

Que papá aún en la distancia se sigue acordando de nosotras

Y allá donde este, estoy segura que extraña tenerme en sus brazos como yo lo extraño también.

Por éste motivo fue que desde ayer me quedé aguardando por ti

Para que fueras tú quien me diga ¿Cómo es mi padre?

¿Cómo son sus ojos?

¿Cómo es su cara?

¿Cómo es su pelo?

Quiero saber, ¿Si sentías consuelo y ternura al estar a su lado?

Saber, ¿Si lo habías amado y si él nos amó a nosotras también?

Son tantas las preguntas que tengo acerca de papá...

Que no sé siquiera como empezar a decírtelas para que me las respondas.

Veo que has bajado la cara y que te has quedado muy pensativa.

Pareciera que tu corazón revive lo que nunca se olvida.

No te pongas triste y cabizbaja, ni te quedes callada.

-Pero que loqueras las mías mamá

Si tú no estás y yo te estoy imaginado.

Creo que la falta de amor es la que me está matando

Y mi deseo de hablar contigo

Y de saber de papá me hacen estar delirando.

Pero bueno, aún te sigo teniendo enfrente y quiero saber

¿Por qué me está prohibido tener recuerdos

Y comentarios gratos de papá?

Me gustaría salir con él tomado de su mano para que me guiara por la vida. Para que me llenara con sus sonrisas de alegría el corazón.

¡Como quiero que sus palabras y sus consejos sean el cimiento de mi alma!
Me gustaría que en medio de tanta tempestad que vivo
Hubiera un poco de calma en mí y se llamara papá.
Mamá, quiero que me digas
¿Por qué tus sonrisas se apagaron desde que él se fue?
Quiero saber
¿Por qué ya no has sido la misma mujer desde entonces?
¿Por qué té haz hecho más fría, más rencorosa?
¿Por qué ahora cualquier cosa que te recuerde a papá,
Te pone así de exaltada?
Sé que no hay nada que lo pueda evitar
Pero quiero que me digas todo.
No importa lo que paso.
Solo quiero saber la verdad y saber ¿Dónde está papá?
¿Qué te dijo de mí cuando dijo adiós?
¿Cuáles fueron sus palabras al partir?
Dime mamá, ¿Cómo será mi vida? Si sé que sin papá no sé vivir.
Háblame por favor,
Que no me has dicho nada y solo me estas mirando
Con esa mirada fija y acusadora.
¿Por qué me miras así mamá, si no hice nada para que esto pasara?
Yo solo quiero saber
¿Dónde está papá y dónde lo puedo encontrar?
Estoy segura que tú sabes todo de él y no me lo quieres decir por egoísmo.
Te duele que te haga todas estas preguntas por eso prefieres ponerte a la defensiva.
No te has puesto a pensar que con esa actitud
Se me va la vida y a ti también.
Mejor, mejor haz el bien y comienza por sincerarte conmigo.
Dime de una vez como puedo encontrar a mi papá.
Quiero que sepas que lo extraño, que lo amo y que lo voy a buscar.
No sé cuándo será que lo encuentre, ni sé cuándo será que lo vea.
Lo que sí sé, es que a pesar de todo el tiempo que pase…
Por siempre lo seguiré amando
Y ni tú ni nadie podrá evitar ese sentimiento por él.
Te amo a ti pero también lo amo a él.
Y por último quiero decirte que muchas veces te siento de la misma forma que a papá porque así como él no está conmigo, ni sé de él…
Así muchas veces aunque vivamos juntas…
No te tengo, ni se de ti y eso me duele en el alma.

Bien mamá, como estoy aquí nomas hablando y hablando sin oír nada de ti, mejor me voy a otro lado a tratar de entender

¿Por qué no me ayudas en nada?

Y, ¿Por qué la soledad me hace imaginar que estás conmigo y me escuchas?

Espero que algún día leas mi carta

Y comprendas lo que mi corazón siente

Pero sobre todo, entiendas que te amo pero amo a papá también.

Me despido por ahora y dejó a tu conciencia lo que la mía no puede callar.

Me voy mamá, cuídate y trata de ser buena.

Bueno, finalmente me doy por vencida… Estoy rendida y debo descansar. Te dejó mamá para que puedas pensar en todo lo que te pido y en todo lo que necesito saber. Sé que aunque ya es tarde y me vencerá el sueño pronto, tú llegarás a mi lado y me darás un beso para decirme al oído que me amas. Me abrigarás, me verás y te marcharás a tu cama para dejarme una vez más con las ganas de abrazarte y de decirte todo lo que tanto me hace falta y que solo tú me puedes dar.

Te aguardé por muchas horas como todos los días de mi vida y no llegaste para encontrarme despierta, pero quiero que sepas que soy tu hija y que a pesar de todo, merezco ser feliz y merezco tener amor.

Me despido una vez más de ti mamá recordándote que la felicidad no está en los bienes materiales, ni en el pasarse la vida trabajando para darme todo, sino en saber tener la medida justa del trabajo, el amor y la familia. Buenas noches mamá, que ya me quedé dormida otra vez.

Besitos, ¡Mmmmuuuaaaaaaaaaaaaa!

Se despide:

¡Tu hija que sueña con ser feliz!

Pd. Si el amor a los hijos lo es todo… ¿Por qué yo lloro por tu silencio?

CARTA CUATRO

HACE MUCHO QUE NO TE ESCRIBO

**"EL SILENCIO... UN SECRETO PARA CRECER
Y UNA OPORTUNIDAD PARA PERDONAR"**
Agustín Carranza :/II

Mi vida transcurre en una soledad absoluta, cumplo con mis deberes, limpio lo que puedo de la casa aunque sé que hago muchas cosas en el hogar, que para mí, una niña de nueve años no debe hacer. Procuro, y siempre lo hago, estar limpia. Además de cuidar mucho mi salud, me gusta leer, dibujar, me encantan las matemáticas, la historia, las ciencias naturales, los derechos civiles y muchas cosas más. Voy a la escuela donde trato de ser la mejor, pues por alguna razón me gusta y disfruto estudiar, aprender y seguir aprendiendo. Así que la escuela, las clases y todo lo que se relaciona con el aprendizaje hacen mi soledad más llevadera durante las horas del día. Aquí tengo amigas, que creo, siento y me han demostrado que son amigas verdaderas. Yo las quiero mucho y así se los he hecho saber muchas veces. Recuerdo que en una ocasión llegué a mi clase con mi tarea terminada, participé, estudié e hice todo lo que tenía que hacer para cumplir como alumna de donde estoy pero ahí en mi mesa de trabajo me sentía sola y triste como muchas veces me he sentido. La maestra comenzó a hablar de la importancia de la familia, de la importancia de la unión, de lo importante que es compartir con los demás lo que tenemos y ellos necesitan, de la importancia de amarnos unos a otros y sobre todo de la importancia de hacer de nuestra familia un modelo de amor para así, poder comenzar a cimentar las bases para que nuestra ciudad sea mejor, nuestro estado más bueno, nuestro país con más paz, igualdad y justicia y por ende, todo el mundo se inunde del amor que tanto le hace falta en éstos momentos. La escuchaba hablar embelesada y cada palabra que pronunciaba era una gota de limón en la herida de ausencia que vengo arrastrando desde hace años en mi corazón. Reconozco que sus palabras y enseñanzas me llenan, me hacen ver muchas cosas, me dan esperanza y me hacen entender que se necesita más amor para poder tener amor en uno mismo y así empezar a amar a los que están cerca de nosotros. Fue en ese momento cuando bajé la cabeza en mi pupitre, me transporte a mundos lejanos para mí, me vi tomada de la mano de mi papa en un valle donde solo había amor, armonía, paz, felicidad, igualdad, gozo, y mucha luz… ¡Que luz tan preciosa! tan intensa, tan pacificadora y tan llena de amor. Ahí en ése lugar había una valle con agua azul como el cielo y tan cristalina como el alma más pura de Dios. Dentro muchos peces de todos colores, tamaños y formas. Afuera había venados, ardillas, zorrillos, patos, águilas, elefantes leones, tigres, panteras, gatos, perros, conejos, ratones, caballos, burros, en fin, aquello era un zoológico por tantos animales que había. Ninguno estaba enjaulado, todos estaban sueltos en su ambiente natural y compartían unos con otros sin problemas de fuerza, de poder o de mando, pues todos eran amigos. En el cielo era un verdadero concierto oír y ver volar todo tipo de aves que aunque de diferentes familias, hacían coros mágicos que nos llenabas con sus melodías de amor. Estábamos en medio de unas montañas llenas de vida, de pinos, de gigantes, de robles, de encinos, de fresnos, de manzanos, de higüeras, de palmas, de plátanos, bueno era tan sensacional todo lo que vivíamos mi papá y yo que no terminaría de describirlo. El aire nos llenaba de salud, nos abrigaba el sol con su calor, el cielo sonreía al mirarnos tan felices y tan unidos. Papá y yo, lo veía, caminábamos juntos para llegar a donde estaba mamá esperándonos con amor y con cariño llena de esperanza por estar todos juntos. Ahí los tres orábamos a Dios por nosotros, por nuestra familia, por nuestros amigos y por toda la humanidad. Yo sonreía de alegría pero por mis ojos rodaban lágrimas. Yo las veía rodar pero no me daba cuenta que no estaba en ese valle sino en el salón de clase y mi amiga me estaba observando. Se acercó a mí, me puso su mano sobre los hombros, me abrazó, me dio un beso de consuelo y me dijo; yo te quiero, sabes que así es y no me gusta verte triste ni llorar. Quiero que sepas que cuando el amor no se tiene en forma de un papá, se consigue amando lo que Dios nos da y a ti, Dios te ha dado con la ausencia del tuyo un corazón lleno de amor y de bondad que la luz que hay en ti va a servir para iluminar muchos caminos y muchas vidas. Eres mi amiga y estoy orgullosa que lo seas. Estoy contigo cada vez que me necesites. Sé que sufres pero también sé que muy pronto ése sufrimiento te será recompensado con cosas grandes y maravillosas porque tú eres muy valiosa y la mejor amiga que jamás haya tenido. Mira, te diré un secreto, toma esta cajita y consérvala, te la doy de corazón. Pero, ¿Qué es esto? -abriéndola le dije- Al ver su contenido me quede boca abierta. Que lindas piedras, son diamantes preciosos, ¿Por qué me los das? Ella sonrió dulcemente y me respondió; te los doy porque te pertenecen, tu nunca te has dado cuenta pero cada vez que has llorado en el jardín de tu casa, en tu cuarto, bajo el árbol de tu casa, aquí en la escuela, en el parque donde jugamos o en la calle mientras ves a otras niñas con sus papas, derramas lágrimas y son tan puras y tan sinceras que Dios las convierte en diamantes porque están lavando tu tristeza y tu alma. Los amiguitos que tienes en el jardín también son míos, pero no lo sabías. Yo me preocupo por ti aunque casi nunca nos vemos porque casi no coincidimos pero si te puedo decir que siempre estoy a tu lado. Y así como tú tienes tu caja de diamantes estoy segura, que a tu papá habrá alguien que le recoja los de él al pensar en ti y querer estar contigo. Recuerda siempre que el amor es el arma más fuerte para ganar cualquier batalla. No te rindas, que la esperanza siempre está contigo, y la fuerza, aunque a veces crees que se te va, nunca te abandona. Me volvió a abrazar, secó mis lágrimas, dejó la cajita con los diamantes, cuando de pronto oí que la maestra decía que la clase había terminado. Busqué a mi amiguita que pocas veces había visto y que pensándolo bien, solo veía cuando lloraba. Quise agradecerle lo que me dijo e hizo por mí pero ya había desaparecido. No era posible porque aún nadie había salido del salón de clases. Me sorprendí pero no sabía que pasaba. Tomé mis cosas, me despedí de la maestra, me dirigí a casa, y durante todo el camino tenía en mi mente lo que había ¿vivido? ¿Soñado?- no lo sé pero todo lo tenía bien presente y quería que así siguiera siendo. Llegué a casa y como siempre, mama no estaba. Hice mis tareas escolares, comí algo, me asomé al jardín a saludar a mis amigos, ellos como siempre tan amables y tan llenos de amor, me saludaron y sobre el jardín pusieron que me amaban y que yo era importante. Eso me hizo feliz y de pronto me puse a pensar que hace tiempo que no te escribo mama. Así que aprovechando todo lo que viví hoy, me salgo al jardín, me rodeo de mis amigos, me siento bajo mi amigo el árbol, escucho el canto de todos mis amigos las aves y te empiezo a escribir porque es verdad mamá… es verdad que **"Hace Mucho Que No Te Escribo"…**

HACE MUCHO QUE NO TE ESCRIBO

¡Cuánto hace que no te escribo mama!
Que hasta parece que ya me llego el olvido.
Hace tiempo que no escribo pues lo que he hecho es orar.
Pidiendo que pronto a mi lado mi papá pueda estar.
El recuerdo de mi soledad me hace llorar,
No he dejado de pensar en ti ni en papá.
Nada de lo que me pasa te he dicho hasta ahora
Y es que aunque mi alma a solas llora
Siempre se pregunta… ¿Dónde está mi felicidad?
¿Por qué es que nada es como uno quisiera?
A veces pienso en ser la niña feliz que ayer era…
Siento volver a vivir las travesuras con mi padre,
Y como él en medio de su alegría me sonreía y me besaba.
No paraba de abrazarme, de colmarme de mimos.
Me hacía sentir con tantos cariños…solo su amor.
Me regalaba en las noches más frías, con sus abrazos tanto calor.
Que es imposible poder dejar de volver a sentirlo
Y es que aunque él era mi padre, a mi lado parecía también un niño.
Con él que yo podía jugar sin parar,
Sin importar que tu mamá…que tú te pudieras enojar.
Y es que recuerdo cuantas veces lo regañaste por mi culpa
Mientras él y yo jugábamos como dos niños traviesos,
Como dos pequeños que solo vivían para jugar.
Con todo esto mi papa…
Mi papa me mostraba cuanto se puede amar
*cuando se es adulto y se es niño a la misma ves…
Mamá ¡Aaaaahhh! ¡Qué tiempos esos!
¡Como los echo de menos!
¡Como quiero volver a sentirlos!
Como quisiera poder vivirlos…
Pero vivirlos todos juntos, tú, yo y papá.
Como la familia que éramos hasta hace tiempo.
El tiempo aquél que en mí, todo era alegría.
Recuerdo que cada que papa llegaba de trabajar yo le pedía un dulce
Y él siempre me lo compraba. ¡Aaaaaahhhhh! pero eso sí,
Siempre me regañaba diciendo:
"Hija te amo pero primero debes alimentarte bien, ya después…después te comes lo que quieras"
Y yo aunque a veces me ponía como una fiera,

Terminaba por hacer lo que mi papá decía

Y es que lo que él siempre quería era solo lo mejor para mí.

Por eso ahora que él no está aquí… ¡Cuánto lo echo de menos!

¡Cuánto me hace falta!

Con papa…con papá pocos momentos malos,

Muchos momentos Buenos.

Con él la alegría era tanta y tanta que quiero que sepas mamá…

Cuanto, cuanto amo a mi papá.

Quiero volar como el viento, surcar el cielo azul.

Ahí cerca de Dios y frente a él llorar, reír

Confiarle sin temores todo lo que siento

Gritarle hasta el cansancio que quiero volver a vivir.

Que sueño con que mi papá esté otra vez a mi lado…

Que quiero que tu mamá, que tu hagas a un lado tanta orgullo

Esperando que lo hayas perdonado por lo que haya hecho.

No me importa.

Lo único que sí sé mamá es que la vida es muy corta

Y que no la quiero pasar sin mi papá.

Y ahí, ahí en las manos del Señor ofrendarle todo mi amor y toda mi tristeza,

toda mi alegría y toda mi esperanza, toda mi fe y toda mi vida.

Para que pronto mi papá pueda volver a aparecer.

Y así yo lo pueda volver a ver y pueda recuperar esa alegría perdida.

Mamá sé qué hacía mucho que no te escribía

Pero es que mi alma a veces solo quería

Perderse en la soledad y en la tristeza.

Me estaba llenando de dolor el corazón

Estaba olvidando que mi máxima ilusión

Es encontrar a mi papá…. y me tiré al olvido.

Perdóname mamá si es que ahora solo escribo cosas que te hagan llorar.

Cosas que quizá no quieras recordar pero que a mí me hacían tan feliz.

Por eso ahora que estás leyendo esto

Trata de entender a éste pequeño corazón lleno de un gran vacío,

De profunda tristeza y de enorme melancolía.

Comprende mamá que dejé de ser feliz desde aquél día…

…desde aquél día que se fue el calor…

Desde aquél día que solo siento frío.

Ha pasado el tiempo y estoy creciendo sola

Mama, ¿No crees que ya es hora que dejes tu orgullo?

¿No crees que debas hacer no solo mío sino tuyo también

El amor que antes tenías?

¿Por qué no te preocupas por mí y me ayudas a encontrar a papá?

¿Por qué cuando quiero saber de él, no me hablas?
¿Por qué siempre te callas, te das la media vuelta y te vas?
¿No crees que merezca ser feliz?
¿No piensas que deseo tanto tener el amor de papá como el amor que tú me das?
Si, si ya sé que tu aquí estas… pero también necesito a mi papa.
Así que mamá…
Mamá por favor ámame un poco más.
Recuerda que el amor no solo se dice de palabra
Se muestra con hechos y tu… tú me estas quedando muy mal.
Sé que tal vez para ti, mi petición es algo imposible
Porque quizá ya no quieras saber de papá.
Pero recuerda mamá que también soy su hija y merezco saber de él.
Tengo el derecho de estar a su lado, de poder sonreír de Nuevo,
De volverle a decir cuanto lo quiero,
De volver a darle un abrazo,
De acurrucarme en su regazo
Y de sentir que con su amor toco el cielo.
Tengo necesidad además, de darle un beso,
De reír con él como antes lo hacía.
De ver su sonrisa de niño travieso,
Y de volver a escuchar todo lo que me decía.
Anhelo, mi mayor anhelo es encontrarlo.
Es decirle que le amo como desde el primer día.
Que aunque ha pasado ya mucho tiempo siempre voy a perdonarlo
Porque él es mi padre y porque con él mamá,
Con el tengo todo lo que sin él no tenía.
Mamá creo que me retiro por ahora.
Ya te he dicho cosas que tal vez no querías oír.
Sin embargo mi intención no es ofenderte, reprocharte o herir.
Lo único que te quiero volver a pedir
Es que me ayudes a encontrar a mi papá.
Adiós… adiós mama.
No olvides que te amo… y tú, ¿me amas?
Finalmente te pregunto esto…
Porque pienso que la verdadera muestra del amor…
Es el amor mismo mamá.

No sé ni qué hora es en éste momento pero he terminado de escribirte una vez más otra carta para que sepas cuanta falta me hace mi papá, cuanto lo necesito y cuanto deseo saber dónde está él para poder abrazarlo, mirarlo, quererlo, mimarlo y ser su hija como soy de ti. Arriba veo que ya se asoma tenue mi amiga luna y por otro lado se despide siempre sonriente y amoroso mi amigo el sol. Todos mis amiguitos ya solo se ríen, me observan y me mandan señales de amor desde sus respectivas casitas pues ya es tarde. El pasto del jardín tiene algo especial que aunque cambie de temporada el año siempre está verde para mí, y siempre me conforta con la vida que me da y tiene. Las flores multicolores son compañeras fieles de mi soledad y jamás las he visto sin dar su flor más bella para mí... Mis vecinos de a lado me están observando, saben que es noche y que debo descansar, pero como siempre, solo me ven con compasión y con amor. Estoy segura que ellos me quieren y desean lo mejor para mí porque ésta vez se atreven a levantar la mano a través del vidrio para darme las buenas noches. Yo les sonrío con un hilo de soledad y tristeza, y les agradezco su amor. Me despido de ellos y ellos se van a dormir. Me quedo otro rato esperándote y no sé si llegarás temprano hoy, aunque sé que no llegarás porque siempre es lo mismo. Mi amigo el árbol hace un movimiento suave para que yo me acomode y me apoye más a gusto en él. El pasto se pone más cálido y mis amigas las aves comienzan a cantar una melodía suave, muy suave que me arrulla y me hace cerrar los ojos. Creo que hoy aquí me quedaré a dormir acompañada de los que si me quieren. Mamá sino me encuentras dentro de la casa espero no te asustes, me busques acá en el jardín, me lleves en tus brazos a mi cama y leas mi carta... Te quiero mucho mamá y siempre te necesito y te extraño. Cuando me lleves en brazos imagina que te estoy dando un beso y por favor, no me despiertes que estoy soñando que estoy no solo contigo sino que es papá quien me lleva en brazos a mi cama.

Tu hija que te ama y te necesita...

Pd. Mamá, fue tan maravilloso el amor que tuve hoy, que me dio vida todo lo que viví. No dejes que el amor te abandone... ¡Cultívalo mamá! ¡Cultívalo!

CARTA CINCO

MAMÁ...
AQUÍ ESTOY ESCRIBIÉNDOTE
OTRA VEZ

"QUE LA TINTA SEA POR SIEMPRE Y LA LUZ NUNCA SE ME APAGUE"

Agustín Carranza :/II

Hace ya no sé cuánto tiempo que no te escribo mamá y no es porque no quiera hacerlo, es porque he tenido muchos días, muchas semanas y quizá hasta muchos meses que me da solo por vivir sin vivir, por respirar sin respirar, por caminar sin caminar y por mirar sin ver. Es horrible todo esto que vivo y que no quiero vivir, pero no sé cómo hacerle para dejarlo atrás y sonreír como lo hacen mis amiguitas de la escuela y mis amiguitas que son mis vecinas. El otro día estaba mirándolas y veía como lucían sus caras de contentas al tener de su mano a su papá. El papá de una de ellas le dio un beso en la mejilla, le tomó sus manos, la abrazó, la levantó y la puso en sus hombros y comenzó a caminar con ella sobre él. Mi amiguita no paraba de sonreír pues la veía que se sentía orgullosa de jugar, de disfrutar y de estar con su papá. Yo me alegré por ella pero me dolió verme sola y estar sin el mío, por eso es que me ha dado por llorar todo éste tiempo que no te he escrito. Es más, te comento que ya no voy casi al jardín de atrás de la casa a platicar con mis amigos lo pajaritos, ni mis amigas las ardillitas, a mi amigo el sol casi no lo volteo a ver y las nubes las evito para no mirarlas. A nadie he querido ver todo éste tiempo porque no me siento merecedora de su amor, de su amistad y de su compañía. Pero ahora he tenido el valor y he tomado la decisión de volverte a escribir para pedirte lo que en todas mis cartas siempre te pido, que me ayudes a recuperar la alegría que no tengo y que se llama papá. ¿Sabes mamá? ayer después de mucho tiempo, me atreví a ir a mi jardín, porque es mío y de nadie más pues solo yo lo visito porque tú nunca estas. Ahí en él, estaban fieles todos mis amigos y más. Para sorpresa mía encontré una familia nueva de amigos, uno lindos y blancos conejos, mamá coneja, papá conejo y muchos conejitos que me saludaban, supongo que alguien les contó de mí, porque fueron muy atentos conmigo y muy amigables. Además de ellos, estaban unos lindos gatitos, juguetones y traviesos pero muy lindos conmigo, ¡Aaaahhh! y ni que decir de dos impecables cachorritos blancos con ojos azules como el cielo, dos Alaska mamá, lo hubieras visto… te habría encantado ver todo lo que yo veo y vivirlo como yo lo vivo. Pero sé que no es posible porque nunca estas en casa, nunca tienes tiempo para mí y casi nunca podemos platicar de que es lo que siento y que es lo que me pasa. Mi amigo el árbol tiene ya flores y esta perfumado con otro aroma, es más exquisita y luce más radiante, más grande y más fuerte, pero lo amistoso y lo bueno no lo cambia por nada.

El pasto sigue siendo esa alfombra eterna y verde que siempre he pisado y admirado. Encaminé mis pasos al patio y todos hicieron fiesta al verme llegar. Nadie me reclamo nada, ni siquiera me preguntaron porque hacia tanto tiempo que no los visitaba. Ellos, todos, solo me dieron la bienvenida y me dieron el amor que siempre me dan… Yo me sentí amada, querida y comprendida por todos ellos. El cielo me hiso un regalo sin esperarlo, por medio de mi amigo el viento me hizo llegar una flor y la depositó en mis manos. Quizá cuando llegues de trabajar la veas a un lado de mi cama, sobre el buro para que admires su belleza como lo hice yo. Las nubes bailaron para mí, el sol me regaló un poco de su majestuosidad y sin que lloviera me formó otro pequeño arcoíris que decía, te amamos. Luego lo desapareció pero lo guardó en mi mente. Quiero que sepas que por eso me gusta venir al jardín porque me lleno de vida, me lleno de energía y me olvido que estoy sola aunque te tenga a ti mamá. Después de la fiesta que me hicieron de bienvenida y de toda la alegría que me regalaron, se dieron cuenta que necesitaba estar con ellos pero a solas, para volver a escribirte otra carta más y hacerte entender que necesito saber dónde está papá, todos respetaron mi silencio, me cuidaron y estaban atentos mientras yo **"Mamá… Aquí Estoy Otra Vez Escribiéndote"**

MAMÁ...
AQUI ESTOY OTRA VEZ ESCRIBIENDOTE

Mamá, hoy quiero escribirte.
Quiero pedirte que no me olvides por favor.
Que me llenes con tu amor,
Que me hagas sentir que te importo
Que aunque el tiempo es largo,
Contigo se haga corto cuando dices que me amas...
Cuando acaricias mi pelo y me dices "cuanto te quiero, hija mía".
Soy feliz mamá cuando haces solo mía tu sonrisa, tu alegría
Cuando te olvidas de todo y me regalas todo tu tiempo.
Quiero decirte que te amo también.
Que eres muy importante en mi vida y en mi ser.
Y que no hay otra mujer más importante para mí que tú.
Pero... mamá cuando tú no estás sufro por tu ausencia,
Me siento mal al no tenerte.
Extraño tanto tus palabras, tu amor... tu presencia.
Que quiero tampoco a ti perderte.
Y es que aunque ha pasado el tiempo no me olvido,
No puedo dejar de pensar en papá.
El amor por él y la ausencia de su compañía me hacen mucha falta.
A veces que estoy sola, me pregunto ¿cómo es que vivo?
Si no puedo ser feliz porque papá no está.
Pasan en mí los días, las tardes y las noches
Y siempre alzo al cielo mi oración para pedirle a Dios
Que pronto vuelva a ver a mi papá para estar con él.
Que me dé otra vez la oportunidad de estar a su lado.
Que sepa que nunca, que nunca lo he olvidado
Y si al contrario más lo recuerdo cada día.
Que cuando quiero reír alegre en mi cumpleaños
Lo único que es mía, es la imagen de mi papá.
Que aunque mamá tú aquí estés... yo extraño tanto a mi viejo
Y es por eso... es por eso que te pido Señor:
Que me hagas el favor de poner a papá en mi camino.
Que no dejes que mi destino lo viva sin saber de él.
Que borres todo lo malo que paso ayer y que hoy...
Hoy me regales la felicidad que tanto anhelo.
Que le digas cuanto lo extraño, le digas cuanto lo quiero.
Que le hagas saber que no puedo vivir sin su amor.
Que venga y me quite tanto dolor para no morir lentamente.

Dile Dios que lo llevo siempre en mi mente.
Que vive perene en mi alma y es el dueño de mi corazón.
Dile también,
Que no me importa cual haya sido la razón por la que se fue
Que nunca he dejado de amarlo y que siempre...
Siempre voy a adorarlo.
Que mi amor por él nunca le ha dejado de ser fiel.
Señor...
Señor, dile que lo llevo en la piel porque soy su hija
Y que estoy segura, que así como yo,
Él también siempre me ha extrañado.
Sé que le he hecho mucha falta para poder sonreír,
Para poder vivir en paz contigo y con él mismo.
Porque estoy segura Señor, que los dos sentimos el mismo abismo
Y el mismo dolor que nos desgarra por dentro.
Al no saber él de mí y al no saber yo de él.
Quítanos de sufrir a los dos y haz que nos reencontremos.
Haz que dejemos a un lado todo lo pasado y estemos juntos.
Porque él me hace mucha falta como yo le hago falta a él.
Te ruego también para que mi mamá deje su tonto orgullo
Y que comprenda que ése mezquino sentimiento de odio...
Más que ayudarle a ella, me está matando a mí.
Porque ya son muchos los años que he estado y que viví
Sin saber de mi padre por el coraje de mi mamá.
Hazla Señor, ser una persona buena, que sepa que no soy ajena
Al amor de mi padre y al deseo de volver a verlo.
Que sepa que quiero tenerlo frente a mí y en mis brazos.
Que mamá encamine sus pasos al amor y abra los ojos.
Que sepa que con su actitud solo me da tristezas, solo me da dolor.
Y yo Señor... lo único que pido es saber dónde de mi papá
Para nunca más volver a perderlo,
Porque con él está mi vida.
Mamá, mamá no me dejes tan perdida y dime que me amas.
Dime que lucharas por verme sonreír.
Dime que también tú quieres volver a vivir
La dicha y el gozo que se vive al no tener rencor.
Mamá, te pido que sea más grande tu amor por mi
Para poder así vivir tranquilas las dos.
Para que le digas a Dios porque estas tan llena de resentimiento
Y porque no puedes dejar de guardar en tu alma eso que te hace daño.
Mamá... mamá ten en cuenta que ya son muchos los años

Que el dolor está contigo.
Por eso mamá, por eso yo te pido que me ames.
Que me demuestres cuanto me quieres.
Que no solo me lo digas de palabra con esos gestos articulados.
Porque bien que sabes que lo que quiero tener es el amor tuyo
Y el de papá a mi lado.
Mamá hoy quise escribirte ésta carta, porque me salió del corazón.
Porque en verdad te amo y porque soy feliz contigo…
Pero también porque no vivo al tener la ausencia de papá
Ya que el amor que tú me das mamá no es suficiente para yo ser feliz.
¡¡Siiii!!… ¡¡Siiii!!
Si, te amo más que a mi vida y eso lo sabes muy bien.
Sabes que eres lo más importante para mí…
Pero lo que no quieres es entender que de la misma manera que te amo a ti;
De esa misma manera amo a mi papá.
Y como él no está conmigo, quiero que lo sepas tú.
Porque así me siento un poco mejor.
Porque además quiero que mi amor
No sea manchado por el odio y por el rencor.
Mamá, entiende que amo a mi papá… que me hace mucha falta.
Entiende que quiero saber de él y es por eso…
… es por eso que recurro a ti, tu que eres la única que puede ayudarme.
La única que puede volver a darme la vida con su amor.
Ya me siento un poco mejor mamá al saber que me entiendes.
Al ver en tu cara ese gesto de tristeza por mí y sé que me ayudarás.
Sé ahora que siempre estarás dispuesta a ayudarme
Que a partir de hoy nunca más querrás darme solo dolor,
Como el que tengo en éste momento.
Quisiera decirte que ya olvidé a papá… ¡Mamá cuanto lo siento!
Pero es una necesidad en mí y nunca dejaré de pensar en él.
Así que acudo a ti para que me ayudes a encontrarlo
Que me des la dicha de volver a mirarlo,
Y de volver a ser feliz.
Mamá… mamá hoy quiero escribirte porque te amo
Porque nada hay más importante que tú.
Porque eres de lo mejor que me ha pasado
Y porque al estar a tu lado es la bendición más grande que Dios me dio.
Así que no creas que no pienso en ti, que no me duele lo que te pasa.
O que no noto cuando estas callada o cuando estas en depresión.
Mamá… mamá tú eres mi corazón, mi razón de vivir
Como crees que no voy a fijarme en todo lo que pasa contigo

Es solo que también tengo el derecho de pedir que papá este conmigo.
Es eso mamá… el derecho de que papá este conmigo.
Bueno mamá, creo que por ahora es todo.
Me despido de ti, no sin antes desearte que tengas vida.
Que seas feliz y hagas a un lado tus sentimientos negativos.
Que sepas una vez más que te amo y que eres lo mejor de mi vida.
Y que aunque soy una niña, también quiero,
Deseo, pido y sueño con verte contenta.
Mamá…
¡Mamá, te amo!
Solo dime…
¿Me amas como yo a ti?
Pd. El amor debe ser lo único en la vida porque la vida es el amor.

Te ama siempre:

Tu hija

Es tarde otra vez y ya terminé de escribirte, mis vecinos me vuelven a ver a través de las ventanas limpias, grandes y anchas de la parte de atrás de su casa. Siempre se han de preguntar qué es lo que tanto escribo en el papel y por qué siempre tengo uno de diferente color y de diferentes dibujos. Yo alcanzo a notar sus dudas sobre todo esto pero los únicos que saben todo sobre mi soledad, sobre mi desamor, mi infelicidad y mi tristeza son mis amigos del jardín. Ellos fieles como siempre, sin darme cuenta a qué horas, me han dejado un racimo de uvas, una manzana, una naranja y unas deliciosas peras, para que las coma antes de irme de su lado. Así ellos se cercioran que además de ayudarme con su amor, coma para tener fuerzas y seguir en la lucha por encontrar a mi papá. No sé qué hora es nuevamente. Ya terminé de comer lo que me dieron, y los cachorritos Alaska, juntos con los gatitos latosos me han traído agua para beber y no sufrir deshidratación… si vieras mamá, como se preocupan todos por mí. Allá en la distancia mis vecinos sonríen en forma discreta, yo sé que es de compasión por verme sola y de amor por querer ayudarme, y sí que lo hacen… Ellos sin saberlo me ayudan con sus miradas pues con ellas siento que tengo más compañía aún. Son buenas personas, aunque no he tenido la oportunidad de tratarlos. Aquí donde estoy sentada, que es bajo los pies de mi amigo el árbol, frente a las flores y sobre el colchón verde vida, rodeada de todos mis amigos, me empieza a cobijar la noche. El viento no se pone frío para mí pues me da un abrazo cálido y tierno para que descanse sin problemas. Las estrellas comienzan a brillar y danzan en el cielo para mí. La luna me regala la luz que mi amigo sol no puede en éste momento y yo sin darme cuenta comienzo a quedarme dormida.

No sé si lo que te escribí es solo producto de mi imaginación, si es un sueño que si te escribí o si lo que vivo, si lo vivo, pero lo que sí sé es que me encanta estar aquí en éste mundo mágico donde yo soy la reina y todos se preocupan por mí. Buenas noches otra vez mamá y espero poder verte mañana ahora sí. Buenas noches a todos y que Dios nos proteja y bendiga siempre.

Pd. La niña que se duerme en sus sueños de amistad, de compañía y de amor… Hasta mañana mamá. ¡Besitos!

CARTA SEIS

¡Cuéntale a él mamá!...

"Que salga obscuridad... Que entre luz"
Agustín Carranza :/II

Afuera está lloviendo. El agua está mojando todo y el árbol que es mi amigo fiel donde me recargo para que me escuche hablar y llorar y llenarme de energía, luce precioso. Tiene nuevos bríos y tiene nueva vida con el agua que recibe. Es algo mágico y único verlo sonreír de ésa forma y de cómo le agradece a Dios por ser alimentado de tan vital líquido para él y para todos los seres vivos. Allá arriba de mi amigo, el árbol, alcanzo a divisar a mis amigas las ardillitas, están resguardadas en un hueco que es su hogar. Alcanzo a ver como se asoman para deleitarse con el baile que la lluvia forma en la alfombra verde del jardín y que es acompañado por las rosas, los claveles, los tulipanes, las petunias, los geranios, los perritos, los alcatraces y toda la variedad de flores que en él se encuentran y que juntas, hacen de la lluvia una verdadera fiesta. Mis amigos los pajaritos han hecho una pausa en sus alegres cantos para, como las ardillas, el árbol y las flores, unirse a tan mágico y maravilloso espectáculo. El cielo sonríe en cada gota, y las nubes derraman sus bondades sobre todos mis amigos. Yo sigo feliz, aunque sola. Solo contemplando tan bella pintura y me alegro por todos ellos porque Dios es muy bueno con todos y así lo estoy viendo. Por un momento dudo de lo que veo, y creo que es solo una ilusión, como muchas ilusiones de las que en mi corta vida he tenido…

¡¡Veennn!! ¡¡Veennn!! Escucho que me gritan y eso hace que ponga más atención a lo que pasa allá afuera. Volteo a todos lados, arriba, abajo, al jardín, a mi ventana, veo dentro de mi cuarto, donde estoy sola y no veo nada, pero sigo escuchando esa maravillosa voz que me llama;

¡Veennn! ¡Veennn! Te invito a que vengas a jugar y a sonreír con todos tus amigos, ellos te necesitan.- escucho que me dice.

No sé si estoy soñando, o si es verdad lo que estoy oyendo y viviendo, ya que la ausencia de mamá me hace que sueñe, que imagine y que crea cosas que no son. ¿Por qué es que estoy viviendo y pasando todo esto que paso y vivo? -No lo sé y no sé si lo entenderé algún día, pero por ahora nada me es claro y sigo sumergida en el espectáculo que hay del otro lado de mi ventana… ¡Como quisiera que a mi lado estuviera papá para poder disfrutar de esto juntos! y como me gustaría que mamá nos acompañase para que los tres bailáramos al compás de la lluvia y al ritmo de las flores. Sin darme cuenta por mis mejillas empiezan a caer lágrimas de tristeza, de soledad, de llanto contenido, de impotencia, de infelicidad y del dolor por no tener a ninguno de mis padres a mi lado. Caigo lentamente de rodillas en el piso, dejo de ver la lluvia, dejo de alegrarme con mis amigos y solo siento y veo soledad en mi corta vida porque extraño grandemente a mi papá…

En mí ventana suena el viento que me dice que no le gusta verme triste y llorando, que quiere que salga para que juguemos todos afuera, bajo la lluvia.

El sol entra con más fuerza y me acaricia de los hombros, dándome fuerza y toca mis manos dándome su calor en señal del amor que no tengo y que con todos ellos encuentro. Quiere también, que no esté así de melancólica y que vaya a jugar en la lluvia para regalarme el arcoíris que él formará solo para mí. Yo sigo, aquí de rodillas llena de soledad y no sé qué hacer. Sé que soy amada por todos, pero siento que por mi mamá no, aunque ella me muestra y me dice que si... extraño tanto una familia que no sé qué hacer para volverla a sentir unida. Escucho nuevamente esa maravillosa voz de hace rato, pero esta vez es más clara, más dulce, más amorosa y más fuerte. Me dice que no llore, que no me suma en la soledad y que me llene de la luz del sol, de la vida de la lluvia y de la alegría de las flores acompañada de la mano del canto de mis amigas las aves y las ardillas. Quiero hacerle caso pero tengo muchas cosas en mi cabeza que me dan vueltas y no me hacen ver nada claro... Ahí de rodillas donde tengo una lucha interna, quiero vivir y convivir con mis amigos pero solo suena una pregunta dentro de mi cabeza... ¿por qué, por qué mama?... ¿Por qué a mí no me quieres decir nada de lo que deseo saber? Tomo una pluma y un papel y comienzo por escribirle nuevamente a mi mama pidiéndole que si a mí no me quiere decir nada, hable con Dios y sea a él a quien le cuente todo.

¡CUÉNTALE A ÉL MAMÁ!...

Pasa el tiempo muy de prisa y en lugar de sentirme feliz,
De darme risa me da siempre por llorar,
Por siempre estar sumida en la tristeza.
Tengo el corazón henchido de tanto amar
Y de tanto extrañar a mi papá…
Y a ti mamá, a ti no te interesa siquiera lo que siento.
No te importa en lo más mínimo si soy feliz o si soy desdichada
Para ser sincera mamá, a ti no te importa nada del amor que siento por mi
padre.
Y es que tú haces alarde… ¡pero alarde de tu egoísmo!
De esa maldita manía por callarme todo…
Todo lo que se refiere a mi papá.
¿Por qué mamá? ¿Por queeeé?
Porque si me ves que sufro, que me desvelo y que lloro,
Nunca quieres hablarme de papá.
Tú me dices que eres buena madre,
Pero una buena madre no deja a sus hijos sin un padre
Y menos hace que les diga papa a personas que no lo son.
Mamá, mamá, yo te amo pero estas equivocada.
Estas cometiendo un grave error conmigo
Porque aunque yo tenga tu abrigo y tu protección
Dentro de mi corazón también hay amor, si mamá…
Éste amor que guardo para papá.
Y que tú… que tú haces que no crezca porque nunca me hablas de él.
Y hasta haces que parezca que papá no me ama
Y me haces sentir que a él le importa poco
Todo lo que se refiere a mí;
A mí que soy su sangre, a mí que soy su hija,
A mí que soy su mayor tesoro.
Parece que te gusta ver que sufro,
Que muero y que lloro porque solo me dices cosas malas de él.
¿Por qué?
¿Por qué te empecinas en no dejar que me acerque a papá?
¿Por qué no me ayudas a encontrarlo?
¿Por qué no haces a un lado tu tonto orgullo y tu tonta vanidad y comienzas por
hablarme de papá?
¡¡Síí!!… ¡¡¡Síí!!!
¡¡Sí, ya sé que no soportas mis comentarios!!

Que mis preguntas solo te hacen enojar y que tú,
Aunque me dices amar…
Lo único que haces es que deba olvidar a papá, pero eso mamá…
Eso aunque tú lo quieras, nunca lo conseguirás.
¡¡No!!… ¡¡No mamá!!
No lograrás que deje de extrañar a papá.
Porque aunque no sepa dónde está, él tendrá por siempre mi amor.
¡Tendrá por siempre mi cariño!
Sé que algún día llegará el momento,
Que algún día llegará la hora en que por fin lo vuelva a ver.
No sabré que hacer, pero estaré feliz de haber encontrado a mi papá.
Y en ese momento mamá…
En ese momento no habrá niña más feliz en el mundo entero.
Aprovecharé para gritarle que lo quiero,
Le daré un abrazo y me acurrucaré en sus brazos,
Mientras los dos con lágrimas en los ojos de alegría reímos como niños, le hare
muchos cariños
Y no pararé de decirle cuanto lo he extrañado y,
Cuanta falta me ha hecho su compañía.
Le diré al oído que todos éstos años
Y que todo éste tiempo siempre fueron solo míos;
La soledad, el desamor y la tristeza.
Que nunca lo apartaba de mi cabeza,
Porque estaba viviendo en mi alma y en mi corazón.
Le confesaré que algún día perdí las fuerzas para seguirlo buscando
Pero que nunca perdí la ilusión
Ni la esperanza de volver a estar con él.
Le diré también, que aunque no lo conozco,
Sigo siendo su hija y él…
Él sigue siendo mi padre.
Una vez más te pido por favor mamá que rompas el silencio y comiences por
abrir tu corazón.
Soy tu hija y por el amor que dices tenerme
Debes saber que no solo necesito de ti,
También necesito de mi papá para continuar viviendo.
No me interesa que te me quedes viendo con esa cara de apatía,
Ni con esa risa burlona.
Porque entre más te rías y más te burles de mí,
Más ganas tengo de ver a papá.
Por eso mamá, ya deja de insistir en ésa terquedad tuya

Y dame la ayuda que necesito.
Dame ese rayo de luz que tanto me hace falta.
Apiádate de tu hija que sufre y deja entrar un poquito a Dios en tu ser, para que su querer
Haga el milagro que tanto me hace falta.
El milagro que solo él con su amor puede conseguir para mí;
Que te ablande el corazón,
Que despierte tu consciencia,
Que te dé entendimiento,
Que te haga entrar en razón porque estas equivocada
Y porque estas cegada por el rencor.
Sé que Dios con su amor hará lo que tú no has hecho todos estos años y que yo…
Y que yo inútilmente creí conseguir.
Más ahora sé que no puedo vivir,
Primero; sin Dios que es mi padre omnipotente y verdadero,
Y Segundo; Sin papá.
Si mamá porque él es mi pasado, mi presente y mi futuro
Y aunque te parezca duro de mi parte,
Seguiré implorando a Dios para que te haga cambiar.
Para que te haga mirar que estas equivocada
Y aunque ahora no te importa nada
Llegará el día que te des cuenta de tu enorme error y solo espero
Que no sea demasiado tarde.
Mientras tanto yo mamá, siempre te daré mi amor;
Pero también tendré amor para mi padre.
Bueno, como ya es muy tarde yo me despido porque no veo ninguna señal de comprensión y de ayuda en tu cara mamá.
En ti no veo nada.
Así que lo mejor es retirarme y dejarte con tu consciencia
Para que en la infinita presencia de Dios
Puedas sacar todo lo que a mí me ocultas
Y hagas de tus culpas menos pesadas para que así puedas vivir un poco más feliz.
Si necesitas llorar,
Lo puedes hacer para que puedas ver lo que es amar.
No te sientas con miedo que el único sosiego está en ti
Ni sientas que alguien te pueda decir algo porque si así lo crees,
Seguirás viviendo en el letargo de tu desamor.
Aleja el frío de tu ser y haz del querer de Dios tu más grande amor.
No te sientas presionada,

Que no habrá nada que Dios te obligue a decir.
Porque el eternamente nos ha de bendecir con nuestro libre albedrío.
Si sientes frío, cobíjate con él y date cuenta
Que él si te alimenta sin importar si eres buena o eres mala.
No digas mentiras, ni trates de disimular la verdad porque ante los ojos de Dios todo es claro
Y aunque te parezca muy raro… él ya sabe lo que le ocultas,
¡Solo espera que tú se lo digas!
Por eso mamá, haz de tus culpas menos grandes y menos dolorosas.
Aprovecha para quitarte esa carga tan pesada que veo que no soportas ya…
Anda, anda aprovecha para decir toda la verdad.
Cuéntale a él,
Por qué es que no me quieres decir dónde está mi papá.
Y dile además, por qué ahora que él no está,
No quieres que lo encuentre.
Dile mama…
Dile todo lo que tu corazón de verdad siente y no mientas más.
Yo a ésta hora ya estoy durmiendo pero sigo pidiendo por ti,
Para que cambies y seas buena.
Así que no dejes pasar esta oportunidad y habla sinceramente con Dios que él te sabrá escuchar.
No sientas temor,
Ni te sientas obligada que no hay nada que no sepa él.
Es solo que él nos respeta como hijos y callado con tristeza,
Ve como nos hacemos daño unos a otros.
El mundo no debiera ser así, pero es aquí donde esta lo difícil…
Todos nos preocupamos por nosotros mismos,
Olvidando a los demás.
Por eso ahora que con él estas, no desaproveches y sincérate.
Yo lo he hecho muchas veces
Y te aseguro que es lo más grande de la vida.
Porque uno con él se olvida de todo
Y solo siente paz, armonía y amor.
Siente uno ese calor eterno que nunca ha de terminar.
Y que en nuestro egoísmo andar vamos perdiendo.
Así que finalmente mamá, te dejo para que hables con Dios
Y le preguntes a él,
¿Por qué los dos, papa y yo necesitamos tanto uno del otro?
Adiós mamá, espero no te enojes conmigo por esta carta.
Buenas noches y felices sueños.

Muchos besos Papa Dios, muchos besos mamá
Y muchos besos para ti también papá, donde quiera que estés.

Tu hija que te ama siempre

Pd. La niña que juega a solas imaginándose una familia unida y llena de amor...

¡Besitos Señor!

He terminado nuevamente de escribirle a mi mamá una carta más, pues como siempre ella no está a mi lado, así que espero la lea cuando llegue y esto haga que su consciencia se ablande y su corazón se compadezca de mí para poder saber dónde está mi papá, porque lo extraño a mares. ¡Toc-toc! ¡Toc-toc!, ése sonido en el vidrio de mi ventana me hace que vuelva a la tierra y me dé cuenta que estoy viva y que hay quienes me aman... ¡Guauuu, que lindos! Mis amigos los pajaritos están tocando en mi ventana, se han puesto en fila y bajo el chipi-chipi de la lluvia me están cantando. Las ardillitas las veo que están corriendo de arriba a abajo para hacerme sonreír y hacerme saber que están en mis penas conmigo. El sol sigue fiel con su luz en mí, allá arriba esta su majestuoso regalo, un arcoíris precioso en forma de corazón, lleno de paz y de luz. Increíble todo lo que hacen por mí. Las nubes siguen dejando caer vida, pero de a poco en poco y al mismo tiempo forman una alfombra blanca reluciente que me invita a pisar en ella para estar más de cerca a Dios. La lluvia de alguna forma ha entrado en mi cuarto y siento esa vida que a todos les da y me contagia, las gotas del agua se confunden con mis lágrimas de alegría que ahora tengo. Olvido que escribí una carta llena de soledad y sin darme cuenta comienzo a salir al jardín donde las flores me reciben con una sonrisa y una cálida bienvenida. El viento me besa, me abraza y me conforta... Los vecinos de a lado que siempre tienen música y visitas, se asombran de verme hablar y de verme sonreír, lo hacen a través de sus ventanas y creen que estoy loca o sola, pero lo que ellos no saben, es que ni estoy loca, ni estoy sola... Dios está conmigo, y él me ha enviado a mis amigos las ardillitas, las aves, las flores, el sol, el viento, las nubes, el arcoíris, la lluvia y todo lo que hay a mi alrededor... Me olvido de ellos y comienzo por disfrutar de lo que Dios me da y así me paso el día y no sé ni en qué momento me quedo dormida... Gracias Señor por todo lo que me das. Buenas noches Diosito, buenas noches a todos mis amigos, buenas noches mamá, y a ti papá buenas noches en la distancia... te amo, te extraño y te necesito a mi lado.

Pd. Mamá, ¿Por qué si dices amarme solo me das silencio, tristeza y dolor? ¿Por qué no me muestras tu amor y dejas que Dios entre en tu corazón?

CARTA SIETE

¡¡NO!!...
¡¡NO ME TOQUES!!

**"PORQUE SIN AMOR, EL HOMBRE
ES NADA... DEMOS AMOR"**

Agustín Carranza :/II

Han pasado ya varios años los que tengo escribiéndole a mi mamá y desde entonces no sé si lee las cartas que siempre le he escrito. No sé si solo las guarda, las rompe o simplemente las ignora, pensando que lo que le dejo son solo juegos de niños y que no vale la pena revisar, porque eso sólo la hará perder parte de su tan valioso tiempo. Me gustaría saber qué hace con ellas porque la finalidad mía es que cambie su actitud conmigo y se ame más, perdonándose ella misma por sus errores, y perdonado a quienes le han hecho daño para que pueda conocer más allá de lo que ahora ve, vive y conoce. En éste momento me siento decepcionada y no es de la vida, sino de mi mamá y de su proceder para conmigo, porque en lugar de atenderme, de cuidarme, de estar al pendiente de mí, de lo que me pasa, de lo que necesito o de lo que me hace falta, ella simplemente cumple con solo gritar, regañar, maldecir muchas veces y desquitarse de sus errores con quien no debe hacerlo. La vida a su lado es buena en palabras simples, pero necesito ser feliz para poder decir que la vida a su lado es completa. Yo por mis medios y cómo puedo, estoy luchando por ser feliz y para eso es que necesito la compañía, la comprensión, el apoyo y el amor de mi papá. Seguiré luchando para saber dónde encontrarlo y para poder decirle a mamá, que la vida es más plena llenando los huecos que uno mismo quiere tener, y como yo quiero estar completa, buscaré hasta completar el vacío que tengo y así, poder sonreír. Estoy sentada aquí en el parque donde siempre vengo a jugar con mis amigas, ellas están divertidas disfrutando de sus papás, sus hermanos y de la alegría que esto les da. Yo las alcanzo a ver desde lejos y eso me llena mucho porque siempre pido para que nunca dejen de estar viviendo como lo hacen ahora, y si, al contrario, florezca cada día más la semilla del amor y de la unidad, no solo en ellas, que son mis amigas, sino en el mundo entero para que la vida se más justa, más armoniosa, más sensata, más alegre, más fácil y sobretodo más llena de amor. Porque es el amor, el motor de la vida y ¿Qué vida hay sin amor? Como ya les dije, me siento decepcionada de la vida pero además en éste momento estoy molesta y hasta enojada con mi mamá porque el que yo le siga escribiendo por varios años, haciéndole la misma petición siempre, que es la de saber dónde está mi papá y que ella me ignore y me oculte esa valiosa información, me hace llorar de coraje. Si, si… mis lágrimas están rodando por mi cara de tanta rabia e impotencia que tengo ahora por eso es que me salí de la casa, para venirme al parque porque no quiero que mis amigos en el jardín mágico, me vean así. Ellos no tienen la culpa de lo que me está pasando y como siempre me dan solo amor, no es justo, ni se merecen verme así, ni saber que estoy enojada. A ellos siempre lo amaré y no les causaré tristezas por mi culpa, aunque ya les he dado muchas siempre que le escribo a mamá sentada a los pies de mi amigo el árbol. En mis manos traía una foto de mamá y yo juntas, que nos tomamos hace tiempo cuando fuimos al cine, pero estoy tan enojada que la acabo de romper y la tiré al piso pues no quiero saber nada de mi mamá en éste momento porque lo que quiero no me lo da. No le importa nada de mis peticiones, de mis ruegos, de mis suplicas… no le importa nada. Ella solo quiere seguir disimulando como que todo está perfecto, que no pasa nada y que yo estoy bien así como me encuentro. Mentira, mentira vil, ni soy feliz, ni me encuentro bien así como estoy, ni nada es perfecto… todo es un verdadero martirio para mí y un sufrimiento que no tengo porque pagar yo, pues no soy mala hija, ni mala estudiante, ni mala persona… solo soy una niña que anhela, quiere, sueña y desea fervientemente el amor permanente de su papá. ¡¡¡Es todo lo que quiero!!! ¿Por qué mamá no me entiende? Si es tan fácil de entender. ¡¡¡Que corajeee!!! Ahora lo único que me queda por hacer en éste momento mamá, es decirte a ti…si, si a ti mamá que no… que no me toques… porque hoy no estoy como otros días. Hoy si estoy enojada, así que por favor mamá, **¡¡No!!… ¡¡No Me Toques!!**

¡¡NO!!...
¡¡NO ME TOQUES!!

¡¡No!!…
¡¡No me toques!!
¡No me provoques más enojo del que ya tengo!
Ni me hagas decirte cosas que te puedan herir
Porque para vivir tenemos que ser más sensatas.
Pero ya son tantas las que me has hecho
Que mi corazón deshecho hoy está enojado contigo
Porque no siente tu abrigo…de ti no siente nada.
¿Que por qué no te sostengo la mirada?
¿Es lo qué preguntas?
¿Es qué no lo sabes?
¿O solo haces alarde de tu indiferencia?
¿No té basta con saber que tu presencia en mí no es suficiente?
¿Que mi alma también siente ganas inmensas de amar? pero ahora…
¡Ahora lo que quiere es llorar!
Porque llorar es mi desahogo,
Es la liberación a todas mis penas.
Cuando en esta vida me has negado a mi padre.
¡¡¡Noooo!!!…
¡¡¡Noooo!!!
¡¡¡Ni teme acerques!!!
¿Qué no sientes la soledad que emana mi mirada?
¿No percibes la tristeza que hay en mi alma?
¿No ves los estragos de una niña abandonada?
¿O qué?…
¿Te seguirás haciendo la despistada?
¿Quieres seguir viviendo como que no pasa nada,
Ocultando lo que siempre he querido saber?
Y es que para mi entender;
A ti te importa muy poco lo que me pasa,
Y sé que ni con mi llanto toco ese corazón de roca que tú tienes.
Crees que estoy loca y te mantienes con esa idea equivocada
Porque sabes que no hay nada…
No, nada más feliz que estar con mi padre.
Por eso voy a luchar para conseguir estar con él.
Saber si mi piel es como la suya.
Sentir que me arrulla con su amor…
Que me da su calor de padre y me devuelve la felicidad.

Descubrir si de verdad no me ama.
Saber por qué dejó de acostarme en la cama y marchó para siempre.
Saber lo qué se siente tenerlo después de haberlo perdido.
Decirle que he vivido siempre con el recuerdo de su amor.
Que en medio de tanto frío…
El calor de su recuerdo me mantiene con vida.
Que no se me olvida nada de él…
Sólo que ahora mis recuerdos son muy vagos.
Que la soledad hace estragos…
Y ya no quiero seguir sufriendo.
Lo que quiero es estar con él.
No…
No, nunca es tarde para enmendar los errores
Ni para hacer a un lado todos los rencores guardados.
Mucho menos para abrirse al amor.
Dejar que con su calor nos llene el alma
Y que la tibieza de unos besos…
Nos lleven presas a donde jamás hemos estado.
Que ése ser amado que es mi padre
Este para siempre conmigo.
Que sepa que viví y ahora vivo solo luchando por encontrarlo.
Que no he dejado de amarlo
Porque siempre vive en mi corazón.
Que aunque caiga de la tarde el sol
Él es y será la razón para seguir peleando.
Por eso mamá, te confieso…
Me arrodillo y rezo por el amor de mi padre.
Y te pido que enmiendes tus errores
Y seas más buena conmigo que soy tu hija.
Que hagas que tu corazón y el mío…
Nuestros corazones nunca vuelvan a sentir éste frío que mata.
Este frío que no nos deja vivir.
Cambia por favor.
Dame tu amor y volvamos a sonreír.
No…
No pronuncies ni una sola palabra
Mejor, pensándolo bien…
Mejor quédate callada que así sentiré menos el filo de tus ironías.
Dejaré que sigan pasando los días
Para ver si te atreves a enfrentarme.
Para ver si quieres contarme toda la verdad sobre mi padre.

No sé qué es lo que tengas que decir,
Ni cuantas cosas puedas inventar.
Lo que sí sé… ¡es que como tú!
Como tú nunca más me han de herir.
Ni como tu mamá…
Nadie más me puede matar.
No…
No detengas mis palabras
Que ésta vez no lo vas a conseguir.
Además, con tus miradas ya no me vas a amedrentar.
Y ya no temo a lo que me puedas decir.
Ni corro temerosa a esconderme de ti
Y es que contigo aprendí
Que en la vida se debe luchar para poder vivir
Y como yo tengo necesidad de vida… ¡voy a pelear!
Si…voy a pelear para poder encontrar a mi padre
Y así tener la vida conmigo.
No…
No mamá…no te ignoro.
Lo que hago es que lloro de coraje contigo
Porque me siento en la más completa impotencia
Pues no sé qué hacer, para hacerte entender
Que necesito a mi papá.
No es poco lo que me pasa…
Porque siempre que llego a casa no está él
Y él me hace mucha falta.
Déjame seguir llorando… ya no me estés hablando.
Anda…solo ignórame.
¿Duele ser ignorada verdad?
No…
No hoy no quiero tus abrazos.
No me nace recibirlos.
Porque hoy me siento sola.
Me siento herida…
Estoy sin vida y ya no quiero seguir así.
Ya déjame que sigo enojada…
Hoy no escucho nada que no sea lo que tengo que seguir diciéndote.
Si…
Si mama, haz caído en cuenta
Que ésta niña a comenzado a levantar la voz, y eso…
Eso te hace perder el juicio.

Porque creías que nunca iban a pasar los años,
Y ahora que notas todos los daños que nos has hecho.
Con dolor hasta ahora vez mi corazón maltrecho...
Y te pones a llorar.
Descubres en mí mirar lo que nunca quisiste ver.
Porque siempre te has negado a aceptar
Que a mi padre yo lo amo,
Como jamás una hija lo puede amar.
Él es para mí lo más grande que existe en la vida.
El mejor regalo que me pudo haber dado Dios.
Solo que a los dos nos ha tocado sufrir,
Por la distancia y por tu maldito egoísmo.
Estoy segura que se siente completamente solo.
Y ahora que me vez que te reprocho y lloro...
Solo bajas la cabeza.
Porque sabes que éste dolor y ésta tristeza me están matando.
Están acabando con mi paciencia,
Pero ahora que te tengo enfrente
Quiero gritarte llorando
Que me hace falta la presencia de mi padre,
Porque su ausencia mamá...
Su ausencia me está matando.
No...
¡¡Noooo!!
¡¡No me toques!!
No me provoques más que ya no quiero seguir
Déjame en paz ahora.
Deja que mi alma sola, en su soledad siga llorando.
Ya me escuchaste mamá...
Bueno ahora...Ahora te puedes ir marchando.
Adiós... Adiós mama que yo seguiré llorando.
Solo recuerda...
Que si en tus manos está el hacer feliz a las personas... ¡Hazlo!
Que eso te reconfortará el alma y te hará más libre.

Regresaré a casa, jugaré con mis amigos disimulando que todo está bien y no les demostraré tanto enojo que siento por tu culpa mamá. Bañaré al perrito mugroso que encontré hace tiempo y les pediré a los demás que me ayuden, para juntos todos, reír y pasar un buen rato. Hoy me regresaré del jardín antes que tu llegues, porque hoy no quiero que me lleves en tus brazos a dormir, ni que me des un beso, pues no deseos sentir nada de ti por ahora. Es temprano aún, pero aquí te dejó mi carta, como siempre, a un lado de mi cama. Espero la leas, hagas consciencia y despiertes a tu tonto orgullo y empecinado afán de hacerme daño, no diciéndome como era él, ni si me amaba y si lo podré ver algún día. Si me ves que estoy dormida, déjame así, ni te preocupes por arroparme o por mirarme que hoy es un día que no me interesa nada de ti. Hoy sólo quiero que sepas que todo lo que me dices de palabra, lo destruyes con tus acciones y eso me ha llenado el corazón de dolor. Por eso, por favor, déjame en paz el día de hoy y mejor vete a otro lado donde si quieran tenerte, buenas noches mamá. Espero, te des cuenta de todo el daño que me estás haciendo y te estás haciendo también, porque sin que lo sepas, también sufres por tu misma culpa y eso nunca te dejará ver, vivir y ser feliz. Y como yo si quiero ver, vivir y ser feliz, es por eso, te pido me digas como encontrar a papá y como le hago para estar en contacto con él. Cuídate y buenas noches mamá. Hoy no te doy besos, ni te los escribo porque no quiero. Se despide de ti, no tu hija, sino el dolor que le causas. Gracias por eso mamá, que así me das más fuerzas para luchar.

Pd. Mamá necesitas oír, necesitas ver, necesitas vivir y necesitas amar. Porque en la vida se necesita oír, ver y vivir para poder amar.

CARTA OCHO

Mamá...
MAMÁ, Dios me habló

"LAS MANIFESTACIONES DE AMOR DEBEMOS VERLAS...
... ¡SEAMOS MÁS SENSIBLES!"

Agustín Carranza :/II

Hace días ya, que no me he presentado en la escuela, les llamo a mis amigas para saber que han dejado de tarea, que han estudiado y hasta cuánto es que han visto y leído de las clases que todas llevamos. Yo, por la herida de mi pie, sigo ausente y con permiso del doctor para que no me presente en la escuela hasta que sane por completo pues, aun no puedo caminar mucho porque la presión de mi peso, sobre el pie, hace que la herida se abra y eso duele. Todos éstos días que no he asistido a la escuela me han servido para afianzar los lazos de amistad con mis amigos allá en el jardín, para poner más bellas las flores, para darles de beber agua a todas ellas, además de darle agua a mi amigo el árbol y a todos los demás amiguitos que tengo. El jardín luce cada día más precioso, más alegre y más lleno de vida. Yo me siento muy orgullosa de contar con todos ellos y ellos solo esperan con ansia que yo llegue, para darme sus perfumes más exquisitos, sus cantos más inimaginables, su compañía más valiosa y tantas, tantas cosas que solo ellos me pueden dar. Creí que éste tiempo fuera de la escuela me iba a traer depresión, tristeza y melancolía porque iba a estar sola, pero veo que nunca lo estuve. El perrito mugroso y los cachorros con ojos color de cielo, han sido mis compañeros fieles y me siguen a donde quiera que yo vaya. Con ellos siempre están los gatitos que no se apartan ni un momento porque saben que aquí todos somos hermanos y nada les pasará con los perritos. Los conejitos ya están más grandes y son más traviesos aún. Las ardillas ya tienen más hijos y los vecinos siguen fieles a su amor de ventana y de distancia. Aprovecho todos los días desde temprano para venir a comer con ellos, contarles mis cosas y jugar hasta que la noche llega y mi amiga luna se asoma, pues como siempre, mamá no llega hasta que yo ya estoy dormida bajo los pies de mi amigo el árbol. Así ha transcurrido mí tiempo fuera de la escuela, pero ha sido un tiempo muy provechoso porque he aprendido que el amor debe ser incondicional y no con barreras, el amor debe ser sincero y no solo de palabra, sino de corazón. El amor debe ser la luz y no la obscuridad que nos lleva a lugares sombríos y que hacen daño. Aprendí que el amor debe ser lo máximo por lo que vivimos y lo máximo por lo que debemos volver a vivir. Descubrí además que el valor de la amistad no se mide en razón de quien la da, sino se mide en razón de la sinceridad con la que se da. La amistad aparte de ser sincera, debe ser clara, honesta, desinteresada, firme y llena de amor, porque con amor, todo vive, todo sonríe, todo es luz, todo es más fácil y todo es para siempre. Así que la escuela de la vida debemos aprovecharla, no importa si nuestros maestros son personas o no. Los seres que me rodea y que nos rodean a todos, siempre tienen algo que enseñarnos, solo debemos saber captar el mensaje y tener paciencia para descubrir que nos quieren decir… en resumen, lo más grande que he podido descubrir y vivir éstos días fuera de la escuela, es, muchas cosas acerca del amor verdadero, del amor real y del amor eterno. Un día mientras me quedé dormida bajo los rayos suaves, tenues y cálidos de mi amigo el sol, me pasó algo que nunca voy a olvidar y que aún me tiene impresionada porque nunca había vivido algo así antes. Recuerdo que estábamos en mesa redonda en el jardín con todos mis amigos, las plantas y los animales, hablando sobre por qué el amor es lo más importante en el mundo, en la sociedad, en la familia y en todo ser humano. Todos alegres compartíamos los puntos de vista del tema y había momentos que hacíamos bromas y echábamos a reír estruendosamente que hasta mis vecinos se asomaron varias veces a ver que estaba pasando. Luego de terminar de hablar sobre el tema, nos pusimos a cantar, a aplaudir y a enviar amor a todos los seres que amamos, a todos los que nos rodean y a todo el universo para de ésta forma agradecerle a Dios por todo lo que nos da. Finalmente y después de todo un día de alegría, de amistad, de cantos, de risas y de amor, mis amigos, como ya era tarde y estaban cansados, se fueron a dormir y desde sus casas me cuidaban. Yo como casi siempre, me acurruqué bajo mi amigo el árbol y ahí me vi descansando con una sonrisa de amor y de alegría pintada en mi cara. Pero lo que más me puso feliz es que de pronto y sin saber de dónde o porque, bien claro y bien sereno lleno de luz, Dios estaba delante de mí, me tomó con sus manos, me dio un beso que nunca voy a olvidar, me sonrió para que supiera que todo está bien y finalmente aunque yo misma no podía creer merecer tanto; **"Mamá... Mamá Dios Me Habló".**

MAMÁ...
MAMÁ, DIOS ME HABLÓ

Hoy levanté la mirada al cielo.
Contemplé el infinito azul con que está formado.
Descubrí la grandeza de Dios
Y pude ver que lo que más quiero;
Es que papá y yo pronto estemos juntos los dos.
Las nubes tienen una indescriptible blancura.
Todas juntas forman la alfombra donde pisa nuestro Creador
Están compuestas de mágica e intangible tersura...
Son el camino preferido por dónde camina nuestro Señor.
Seguí contemplando todo el infinito.
Maravillada no podía creer todo lo que veía.
De pronto, de la nada y en un ratito;
Escuche como con mucho amor y muy claro Dios me decía:
*Hija mía ya no debes preocuparte
Ni debes derramar más llanto por tu papá
Porque yo sé lo que hace y donde encontrarlo
Y antes de que lo imagines, con él vas a estar,
Así que...
Así que deja de llorar pequeña linda
Porque pronto te encontrarás con él.
Pronto volverás a su lado como siempre has querido.
Volverás a sentir sus abrazos, reirán juntos los dos.
Comprobarás que él nunca ha dejado de amarte
Y que así como tú, él tampoco ha dejado de orar para encontrarte.
Porque también quería mirarte y colmarte de abrazos
Y decirte que siempre te ha amado.
Que nunca te ha olvidado y que sufre por tu amor.
Que sin ti solo ha encontrado el dolor y lo condena la soledad.
Que quiere ver llegar a su vida la claridad
Porque tú eres para él la luz que le hace falta.
Ya no sufras más preciosa mujercita
Porque pronto los volveré a reunir para que puedan vivir en paz,
Más alegres y en completa armonía.
Y así, poder hacer yo mía la felicidad de ver a mis hijos otra vez unidos.
Hija...
Hija por mi amor serán bendecidos, ¡Por favor ya no llores más!
Escuche embelesada tan hermosas palabras mamá
Que no tienes idea de lo bien que me hicieron sentir.

No te imaginas siquiera lo feliz que puedo vivir
Al saber que Dios ha escuchado mis oraciones
Y que me ha colmado con sus bendiciones.
Mamá te juro que Dios y su amor han hecho que vuelva a sonreír
Pues me ha hecho vivir lo más bello desde que papá no está.
No mamá...
No pienses que estoy loca porque no es así
Es solo que Dios me habló...
Fue tan lindo escucharlo
Que me hubiera gustado que lo escucharas también.
Su voz mamá...
Su voz es la voz más dulce, más tranquilizadora
La voz más amorosa que jamás haya escuchado.
Su mirada...
Su mirada mamá, es la mirada más tierna,
La mirada más pura, con ella me colmó de dulzura...
Con ella me brindó el calor que tanto me hacía falta.
¡Si mamá! ¡Siiii!
Me habló Dios y nunca podré olvidarlo.
¡Cómo olvidarlo si él es mi padre y yo soy su hija!
¿Crees que te estoy mintiendo?
¿Qué no te estoy diciendo la verdad mamá?
Pues debes creerme porque si me habló Dios
Y también me dijo que pronto los dos, papá y yo
Volveríamos a re-encontrarnos.
Que podríamos recuperarnos en el tiempo perdido.
Que toda la pena, el dolor y el sufrimiento que hayamos tenido
No será nada comparado a la alegría de volver a estar juntos.
Dijo que nuestro encuentro iba a ser doloroso porque ya no me acuerdo de él
Y porque en mi mente tengo una imagen difusa de su cara.
Mamá... mamá por más que lo quiero recordar
¡No lo recuerdo en nada! Y por eso al verlo no sabré que hacer.
Dios sabe porque hace las cosas mamá
Y tú no tienes derecho a juzgarme de loca
Porque yo clarito oí que por su boca
Salían las más bellas palabras de amor que jamás haya oído.
Por eso ahora te pido a ti mamá
Que así como Dios escuchó mis oraciones;
Escuches también tú mi ruego.
Mamá...
Mamá date cuenta que ya no puedo,

Que necesito me ayudes a encontrar a mi papá.
¡¡¡Nooo!!!…
¡¡¡Nooo!!! No me taches de loca, ni cambies por otra
La conversación que tenemos porque es importante para mí.
Así que aunque no lo aceptes o no lo quieras creer
Dios me concederá el deseo de volver a estar completa.
Dios me dará la alegría que tú me has negado.
Volveré a estar al lado de papá, y tu mamá
Quiero que estés enterada de todo.
Porque ahora si me ves que lloro
Es porque lloro de alegría al saberme amada por Dios.
Y también porque pronto los dos, papá y yo
Volveremos a reunirnos.
Volveremos a vernos y juntos podremos decir:
¡Gracias Señor!
¡Gracias Padre!
¡Gracias Dios por tan grande alegría!
¡Gracias por tu amor!
Gracias… ¡Gracias por éste día!
Finalmente mamá te invito para que no sea solo mía
Y hagas tuya mi dicha también.
Mamá…
Mamá, ¿La aceptas?
No olvides que te amo y que eres lo mejor en mi vida
Pero…
Pero tú…
¿Tú me amas mamá?
Porque si Dios olvida y perdona todos nuestros errores
¿Por qué nosotros no somos capaces de hacer lo mismo?

Como puedes ver mamá, ésta carta es muy diferente a las demás que te he escrito pero es igual porque te sigo pidiendo consciencia para que ablandes tu corazón y me digas dónde está papá o cómo encontrarlo. Estoy feliz que Dios me haya hablado porque nunca imaginé siquiera que eso me pasaría algún día. Por favor mamá, no me quites las vendas que me puso mi amigo el plátano, ni el corazón calientito, suave y sanador que tengo prestado de mi amiga sábila… déjalos ahí porque esto me está haciendo sanar más rápido de lo que imagine y me está inyectando nuevas ganas de soñar, de vivir y de tener amor. Tómame en tus brazos como siempre te lo pido, bésame en las mejillas para sentirte mientras duermo y saber que ya me llevas a cama, despídete de mis amigos y agradéceles que me enseñen con hechos, lo que tú me dices de palabra. Cuando llegues a mi cuarto y me dejes en la cama, siéntate y lee otra vez esta carta que te dejé porque quiero que sepas, que por designios de Dios, estaré pronto con mi papa. Por eso, tú debes abrir los ojos y dejar tu egoísmo, tu coraje y tu odio hacia quien fue tu esposo. Finalmente, después que termines de leerla, por favor mamá quiero, me reces porque así podré seguir estando en compañía de Dios. Fue tan mágico y tan lindo verlo, oírlo hablar y verlo sonreír, que quiero que sea así para toda mi vida. Gracias por dejarme en mi cama y aunque este dormida siente que te beso y te digo lo de siempre… te amo mama, eres lo más importante para mí pero ayúdame a encontrar a papá.

Te ama:
Tu hija que anhela vivir de verdad.

Buenas noches mamá.

Pd. Cuando camines por el mundo, que tus huellas no sean las que dejan tus pies sino las que deja tu vida.

CARTA NUEVE

La otra razón por la que quiero vivir... ¡es papá!

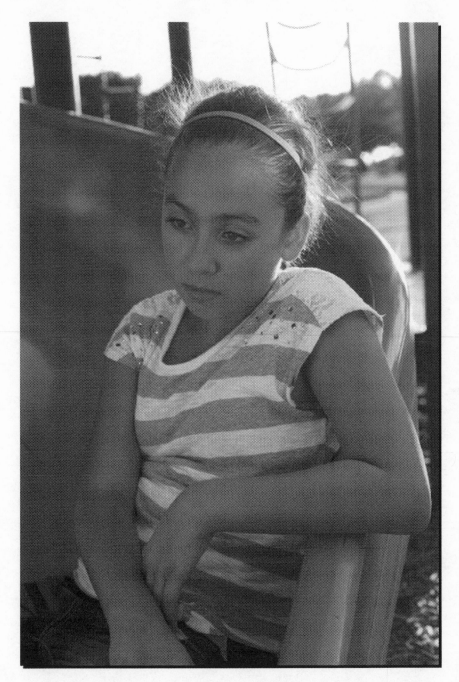

"HAGAMOS DE NUESTRA VIDA, UNA LUCHA PERPETUA CON AMOR POR EL AMOR"

Agustín Carranza :/II

Hoy en la escuela me fue muy bien. Conviví con mis amigas, las tres niñas que siempre aparecen en los momentos menos esperados y cuando más necesito ser escuchada por alguien. En clase la maestra nos pidió compartir las tareas y así lo hicimos. Todo fue muy bueno porque cada vez aprendo más al estudiar, al leer y al oír las historias de los grandes personajes de nuestros días. Sin embargo de pronto me llegó una oleada de tristeza y un mar de llanto y fue ahí, precisamente ahí, donde de pronto tocaron la puerta del salón y claramente vi que aparecían las tres niñitas que siempre aparecen cuando estoy así. Vi como la maestra abrió la puerta y como directamente se vinieron a sentar a mi lado para acompañarme y confortarme. Su cercanía me hiso mucho bien y me ayudo a superar rápido lo que me pasaba en ése momento. Después que me quedé tranquila y serena, me descuidé platicando con otra niña más y al voltear a verlas ya se habían marchado. En su lugar solo habían dejado una nota que decía:

La razón por la que estamos aquí es porque tu corazón sufre y llora, y pronto llegará la hora de que seas feliz... ánimo que te estamos cuidando. Te queremos y nunca te dejaremos a tu suerte. Te aman, te cuidan y te extrañan: Tus tres amigas.

Con eso en mente salí de mi clase, dejé la escuela y caminé rumbo a mi casa. Iba pensando todo lo que me había pasado y preguntándome porque es que ellas siempre aparecían cuando yo estaba triste. Me pregunto: ¿Quiénes son? ¿De dónde vienen? y ¿Por qué las otras niñas nunca me las mencionan? ¿Será que no las ven? Pero si yo vi claramente cuando la maestra las saludo, las invitó a pasar y les dio la bienvenida. En fin, después seguiría pensando en ellas porque quería seguir disfrutando de la vista que me daba el parque por donde iba pasando. Ahí estaba la familia pato, que como todos los días, hacían su desfile para que la vean. Lucen tan uniformados, tan limpios, tan educados y tan alegres que me llena mucho verlos así. Volteé a otro lado y vi a dos señores trabajando en el parque, lo limpiaban y cortaban el pasto para que luciera más hermoso de lo que ya está. De repente, de repente algo me llegó a la mente, fue lo que creo que es la razón por la que vienen las tres niñas a mi viendo a los señores trabajar, a los patos pasar, al viento soplar, al sol brillar y todo lo demás. Estoy segura que la razón de mis amiguitas para aparecer siempre que estoy triste es por eso precisamente, para escucharme, para darme palabras de aliento, darme amor y reconfortarme. Ahora que veo las cosas desde otro punto de vista, eso creo, y estoy segura que por eso siempre aparecen. Así como para papá pato su vida son sus hijos y su esposa pata porque son su razón de vivir, y así como la razón por la que los dos señores que vi trabajando lo hacen por su familia. Empiezo a entender que la razón del sol no es solo brillar sino dar vida a todo lo que toque, que el brillo de las estrellas no es para que lo veamos sino para sepamos guiarnos por ellas y caminemos en medio de la noche. Que la oscuridad de la noche no es para que nos dé miedo, sino para hacernos pacientes y con amor esperar el día. Que el aire no es para provocar huracanes o levantar mareas, es para llevar la vida a través de la semilla que recoge de los campos y darnos la vida a través de su oxígeno. Que las flores que hay en toda la tierra no son solo para alegrarnos la existencia, sino para recordarnos que la vida es más simple de lo que la hacemos. Que el canto y el vuelo de las aves no son solo para que lo escuchemos o las veamos volar, es para recordarnos que la grandeza de Dios existe. Que la lluvia, el mar, la tierra, los ríos, los valles, los montes, el cielo… que todo lo que hay en éste universo tiene una razón de existir y un fin definido por lo que ha sido creado y en ése sentido es donde yo comienzo a razonar para descubrir que la otra razón por la que debo vivir es por el amor de mi padre. Así que ahora que estoy sentada aquí en el jardín te recuerdo mamá que después de lo que veo, vivo y pienso, estoy segura que **"La Otra Razón Por La Que Quiero Vivir… ¡Es Papá!"**.

LA OTRA RAZÓN POR LA QUE QUIERO VIVIR…
¡ES PAPÁ!

Como he de comenzar a escribirte ésta carta mamá
Si ya son tantas las que te he escrito y a ninguna le has dado importancia.
Es más tu arrogancia que el amor que dices tenerme.
Ya que mientras mi alma se mantiene en constante desolación
Tu corazón no sé lo que siente, ni en tu mente se lo que piensas.
Te veo caminar de un lado a otro e ir de aquí para allá
Como quiera que detuvieras tus pasos
Y me dijeras donde es que esta mi papá.
Tu indiferencia es cada vez más grande
Y tu desamor lo siento muy marcado.
Son muchas las veces que estoy sola
Y son muy pocas las que estás a mi lado.
Te pido que ya pares un poco el ritmo de tu vida
Y me veas como tu hija que soy
Ya deja de andar sin ton ni son y a la deriva…
Mírame bien mamá, mírame que yo esperándote con amor estoy.
Espero que ésta vez todo sea diferente
Y pongas atención a lo que tengo que decir
Quiero que leas mi carta y la tengas presente
Porque en ella te explico cuál es la otra razón por la que quiero vivir.
Esta vez me siento serena y tranquila y sin ganas de reprocharte nada
Más bien quisiera que ocuparas por un rato mi vida
Para que sientas, palpes y sepas lo que es de un papá estar abandonada.
Ya son muchos los años que me siento sola
Y son muchas las veces que he sufrido.
Otros muchos los que mi alma a solas llora y pensándolo bien…
Después de mis tres años yo siento que no he vivido.
Los recuerdos de alegría se están quedando en mi pasado
Y las veces que te vi sonreír quiero tenerlos ahora.
Luchemos mamá, luchemos por lo que atrás ha quedado
Y no nos demos por vencidas hasta salir triunfadoras.
El otro día me puse a pensar, como siempre lo hago
¿En dónde es que podría estar mi papa?
Imaginé que venía a mi encuentro y salía conmigo a caminar.
Me tomaba en sus brazos y me daba un beso mientras que yo sonreía de amor
por él sin parar.
Son tantas las ganas que tengo de verlo,
Que siempre estoy pensando en él

Cómo podría yo dejar de quererlo si quita lo amargo de mi vida
Porque su recuerdo es para mí un mangar de exquisita miel
Como puedes darte cuenta mamá, amo mucho a mi papá.
No sé cuáles fueron sus problemas, ni por qué él se alejó de mí.
Lo que sí sé, es que muchas veces tu compañía no es tan buena
Y que no es justo que de mí se aleje el amor que con él viví.
No quiero que por esto que escribo te vayas a alejar más
Ni quiero que por decir la verdad te enojes conmigo.
Más bien quiero que pienses en lo que me das
Y abras los ojos para que sepas lo que vivo.
Me gustaría saber por qué eres egoísta
Y no me ayudas a encontrar a papa.
¿Qué fue lo que hice yo para que en ti exista todo ese silencio que tienes y no te
atrevas a mirarme a la cara para decirme toda la verdad?
Sabes que añoro tener el amor de mi padre y convivir con él
También sabes que en mi pecho el amor por el arde
Y aun así mamá, tú solo me das más amargura,
De lo que amarga puede ser la hiel.
La otra razón por la que te dije que quiero vivir,
Es porque quiero encontrar a mi papá.
Y aunque sé que a mis diez años me será muy difícil hallarlo.
No pararé hasta encontrarlo y poder estar con él.
Lucharé con todas mis fuerzas y pondré más empeño que antes.
Serán más gigantes mi fe y mi esperanza que todo lo haré por su amor.
Cuando haya dolor, lo convertiré en armonía y en sosiego.
Y sé que así pronto llegará el día de estar con él,
Porque esa es mi meta, porque ese es mi fin y porque así lo quiero.
No me dejaré abatir ante nada ni por nadie,
Porque nadie vive en mi más que el amor que siento y tengo por él.
La caída que tuve ayer la tomaré como un paso más para seguir adelante.
Mi tesón será tan constante que asombraré hasta a Dios.
Así que como ves mamá, pronto los dos,
Papá y yo podremos disfrutar otra vez de estar juntos.
No sé cuántos caminos tenga que recorrer,
Ni cuantos pasos tenga que dar
Lo que sí sé es que siempre Dios me ha de socorrer
Porque Dios es el único que por siempre me ha de amar.
Encontraré obstáculos en mi camino para llegar a papa.
Redoblaré las fuerzas para luchar contra mi destino de estar sola
Y llegar hasta donde él esta.
Pasaré sed mientras lo busco y hambre mientras quiera hallarlo

Aun así no flaquearé, haré mi amor por él más robusto
Y como dije, nada me parará hasta encontrarlo.
Conoceré otros lugares mientras llego a su encuentro
Y de ellos aprenderé las cosas que la vida me quiera dar.
Ayudaré a muchas personas con mi búsqueda, porque así lo siento
Y demostraré que cuando se tiene amor,
El amor siempre ha de triunfar.
Si por alguna razón el cansancio me quisiera llegar a vencer
Y sienta que el sol no está más conmigo…
Recurriré al abrigo de lo más grande
Para seguir en pos de mí sueño.
Cuando el sueño me venza y deba descansar
De mi pecho sacaré el poema que le escribí a papá
Y aún en la distancia sin que él lo escuche yo se lo voy a recitar:

RECUERDO QUE UN DIA...

Recuerdo que un día
Cuando estaba en tus brazos.
Todo era alegría
Porque sentía el amor de tus abrazos.
Tú estabas conmigo papá
Y yo contigo muy sonriente.
Me decías que el amor esta
Y aunque no te hable, con los dos está presente.

Siempre sonreíste conmigo
Y eras mi caballito para caminar.
Cuando sentía frío, me dabas abrigo.
Me besabas, cuando empezaba a llorar.

En tu pecho me quedaba dormida
Y tú complacido y orgulloso me besabas.
Te oía orar diciendo que yo era tu vida
Y que por el amor que me tienes, tú siempre has de luchar.

Recuerdo que un día...
Comencé a caminar
Más grande fue tu alegría
Porque de alegría comenzaste a llorar.

Te acercaste presuroso
Para que nada me pasará.
Ése gesto fue de lo más hermoso.
Ése gesto de amor por mí,
De ti ya lo esperaba.

Abriste tus manos
Para que me acercará
Y para protegerme con ellos.
Solo júbilo vi en tu cara
Y de tus ojos...
Enorme amor en destellos.

Cuando dije mis primeras palabras
Te vi atónito sin saber qué hacer.
Como siempre a mi lado estabas
Atento a lo que mí, a tu hija le iba a suceder.

Como he de olvidarte
Si te llevo conmigo a donde voy.
Como no he de amarte
Si tú eres mi padre… y yo…
Yo tu hija por siempre soy.
Ha pasado el tiempo
Y aún recuerdo que un día
Cuando estaba en tus brazos
Fue tanta mi alegría
Porque sentí el amor de tus abrazos.

Cada noche que me acuesto a dormir recito éste poema mama
Porque sé que Dios más me ha de bendecir
Para que pronto encuentre a papá.
Así que una vez más te pido que hagas examen de consciencia,
Te sinceres contigo y te sinceres con el creador.
Que al infinito le digas la verdad y que a mi…
Que a mí me demuestres tu amor.
Como te dije antes, ésta vez me siento serena y tranquila
Pues mi único fin es hacerte entrar en razón
No dejes que por tu egoísmo se vaya mi vida
Ni hagas que tu ceguera, mate mi corazón.
Ya quiero comenzar a sonreír de nuevo
Y recorrer el camino de la felicidad sin problemas.
De ti ya deseo ver acciones, no un te quiero
Para saber que mis angustias no te son ajenas.
Me retiro mamá por ahora
Porque ya no tengo más que decirte en ésta carta
Pero si algún día, por fin te das cuenta que tu hija llora
Espero sepas, que es porque su mamá y la actitud de ella muchas veces ya la tienen harta.
Cuídate mucho y que Dios te bendiga
¡¡¡Aahhh!!! Y ablanda un poco ese corazón tan duro.
Mira que cuando hay amor en la vida
El verdadero amor es completo…
El verdadero amor es por siempre puro.

Adiós mamá y hasta la próxima
Te amo y te extraño aunque te vea a diario.
Besos.

                                                    Te quiero mucho,

    Éste poema me acompaña mamá, desde que se lo escribí a papá, cuando apenas tenía ocho años, y es lo que me hace saber que tengo motivos suficientes para luchar. Que más allá de la distancia, del dolor de no tenerlo y de la desesperanza de no saber dónde encontrarlo... más allá esta mi mayor premio, y sé que será volver a tenerlo conmigo y volver a disfrutar de su agradable compañía e inigualable amor por mí. Espero que ésta carta mamá, la leas, la entiendas, la valores, la tomes en cuenta y sepas que aun amándote como te amo, extrañándote como te extraño y bendiciéndote como te bendigo, aún a pesar de todo eso, también hay otro ser que es para mí muy importante en mi existir y ése ser es papá. Así que mamá, espero seas sincera contigo misma para que puedas ser sincera conmigo, y comiences por decirme cómo puedo llegar a él. No eches en saco roto todo lo que aquí está escrito porque en ésta carta está representada en forma breve, mucha parte de mi vida. Te seguiré escribiendo hasta hacerte entender por completo que necesito mucho a papá. No voy a descansar nunca más hasta poder volver a sonreír y a vivir porque sonreír y vivir es estar con mi papá, ya que él es la otra razón de la que tanto te menciono y que no me escuchas porque siempre estás tan ocupada en tus cosas que solo simulas ponerme atención aunque yo bien sé, que en tus oídos no entran muchas cosas de las que a mí me pasan. Por eso tomé la decisión de escribirte la otra parte de mi vida que me hace falta y que se llama papá, porque yo soy la razón de su vivir y él es la razón del mío. Ya para terminar te pido que si me ves dormida aquí donde siempre estoy, al pie de mi amigo el árbol, antes que me tomes en tus brazos y me beses para llevarme a la cama, antes que eso, quiero pedirte por vez primera que saludes a todos mis amigos, aunque tú a ellos no los escuches hablar como hablan conmigo, hazlo por favor por mí, porque son ellos mi amorosa compañía siempre que tú no estás, y son ellos, los que me aconsejan para que no me deje vencer, ni caer, ni llorar cuando tú no estás. Sé que te parecerá una locura lo que te pido, pero por favor hazlo mamá, es importante para mí que lo hagas porque quiero que mis amigos sepan por una vez al menos que tú los tomas en cuenta y que les estas agradecida por lo que hacen conmigo cuando estoy sola. Todos los animalitos que ves en el jardín, todas las plantas, el árbol, las flores, todo lo que ves tienen vida, y están conmigo, así que por favor... háblales agradeciendo lo que hacen por mí. ¡Gracias mamá, muchas gracias! Ahora si tómame en tus brazos, llévame a mi cama, dame un beso y déjame

seguir soñando con la cercanía de mi papá que ya pronto lo hallaré porque Dios me lo dijo. Buenas noches mamá… buenas noches amigos.
Deseándote felices sueños y esperando que en verdad sepas amar, se va a dormir tu hija.

Pd. Hay fantasías que me hacen estar feliz y realidades que me hacen regresar a mis fantasías.

CARTA DIEZ

TÚ ERES EL CAMINO PERFECTO PARA LLEGAR A PAPÁ

**"TODOS LOS CAMINOS TIENEN UN MISMO
FIN, Y EL FIN CAMBIA TODO"**
Agustín Carranza :/II

Finalmente es fin de semana y ya no tendré clases por dos días enteros. Estaré libre desde hoy, hasta el fin del domingo. Ya hice mi tarea, ya comí, lavé los trastos, limpié la casa e hice todo lo que más pude para que cuando regrese mamá de su trabajo, no tenga muchas cosas que hacer, pues siempre llega cansada y nunca para, motivo por el cual que debo ser buena con ella y comprenderá, ayudándole en algunos quehaceres domésticos. Para ser sincera, siempre me he preguntado ¿por qué es que nunca tiene tiempo para mí?, si aunque sé que trabaja mucho, sé también, que tiene horas disponibles para que amabas platiquemos, juguemos y podamos estar más unidas. Sin embargo, cada vez que se da ése poquito de tiempo conmigo, solo grita, está enojada y casi nunca me hace sentir amada, por tanta indiferencia de su parte. Bueno, hoy es Viernes, ya terminé aquí adentro, ahora iré a platicar con mis amigos al jardín pues sé muy bien que ellos estarán felices de saber que tendremos dos días para jugar, y platicar, y cantar, y reír, y muchas cosas más. Estoy ansiosa por saludarlos pero antes de ir con ellos, los observaré por la ventana. ¡Qué alegría disfrutarlos así! Observo que todos, absolutamente todos, comparten, sonríen, cantan, son felices y veo que se quieren mucho unos a otros. Veo que los cachorritos de ojos azul de cielo juegan con los gatitos sobre la alfombra verde que siempre esta perfumada, limpia y presta para todos nosotros. Con ellos juega también mi nuevo amigo, el perrito mugroso. La familia conejo, salta y corre alrededor de ellos haciendo bulla de felicidad. Las flores sonríen y lanzan sus perfumes como premio a tanta dicha y alegría. Mi amigo el árbol, baja sus ramas para que se suban a ellas y puedan tocar el cielo, las nubes, las estrellas, el sol y la luna, luego los baja y siguen jugando sin parar. La familia de pajaritos también los acompañaron al cielo y ahora cantan para todos y así sigue la fiesta. La familia ardilla sube y baja sin parar de mi amigo el árbol, los vecinos se deleitan con mis amigos y estoy segura, que ellos admiran y desean tanto verme ahí, lo deduzco porque me buscan con la mirada. No se dan cuenta que yo si los veo a ellos. Que alegría verlos a todos a través de la ventana de mi cuarto, sin que ellos me vean. ¿Pero qué está pasando ahora? Hay mucho alboroto… ya pararon de jugar y de reír. Alcanzo a ver a lo lejos que a una ardillita hija, le ha pasado algo y no alcanzo a distinguir que es. ¡Veré que pasa! Papá ardilla no se ha dado cuenta que se han quedado muy rezagadas mamá ardilla y su hija, a la que le paso algo.

La hija ardilla está llorando, eso lo alcanzo a ver. Grita desesperada, creo que se golpeó en su patita y esta inconsolable. Su mamá la abraza y la consuela y la hija le agradece el gesto, pero le pide, la lleve con su papa porque con él sanará rápido del golpe que recibió. La mamá ardilla le acaba de dar un beso, le está sonriendo, la toma amorosa en sus brazos y la lleva al lado de su papá para que él la termine de curar. Ya llegaron al lado de papá ardilla, él no sabía que estaba pasando, pero toma a su hija en brazos y sin preguntar nada, veo que le da un beso, la abraza amoroso y le dice que la ama, que todo estará bien y le da gracias por ser su hija. Paso seguido le da una bendición para que termine de sanar. Luego bendice a su esposa y a sus demás hijos. Después todos juntos, se abrazan, se besan y olvidan lo que paso, para seguir cantando y jugando con los demás en el jardín. Todo lo que acabo de ver me ha removido las cosas que vivo, que siento y que tanto añoro… poder encontrar a mi papá. Ése gesto sincero y lleno de amor de mama ardilla, me ha hecho ver más allá, y me ha hecho comprender que para llegar a papá solo hay un camino ideal y único y ése camino perfecto para llegar a papá, eres tu mamá. Ya no saldré a jugar porque después de tanto amor que vi con mis amiguitos, y de todo lo que me han ensenado, sin siquiera tenerme presente, y sin hablarme, me han hecho reflexionar y pensar bien las cosas, y la forma que necesito, para poder llegar a encontrar a mi papá que tanto extraño. Así que ya me retiré de la ventana. Solo mi amigo sol, mi amigo cielo, las nubes, y Dios, me ven y saben que lo que vi me llego muy hondo y me ha hecho reflexionar. Ellos me acompañarán a escribirte, respetando mi silencio, pero atentos para que no sufra por la falta de papá. Ahora si mamá, ya me di cuenta, que después del accidente de mi amiguita ardilla, **"Tú Eres El Camino Perfecto Para Llegar a Papá"…**

TÚ ERES EL CAMINO PERFECTO PARA LLEGAR A PAPÁ

He escuchado que dicen
Que todos los caminos conducen a Roma.
Como quisiera sentir ése perfume perdido…
¡El aroma de mi padre!
Como quisiera que el sendero que tanto caminamos… me llevará a él.
Que la calle sucia y empedrada guiará mis pasos…
¡Dejará de ser nada!
Ni un recuerdo en mi pasado y se convirtiera en luz.
En la luz que me ponga en los brazos… ¡En el regazo de mi padre!
Como quisiera que la tarde que tanto contemplábamos juntos, papá y yo… me
regalará su esplendor.
Sintiera yo el amor… ¡Pero el amor de mi padre!
Como quisiera que éste fuego que ahora arde me hiciera cenizas
Me hiciera trisas y que el viento me elevará…
Sí, me elevará hasta donde está la presencia de ése ser que tanto amo.
Quiero caminar los pasos que un día caminó mi padre…
Para sentir vida.
Quiero hablar con las gentes que habló…para saber más de él.
Quiero ver la sonrisa del señor aquel en la distancia…
Porque me lo recuerda.
Quiero que mi corazón lo recuerde con amor,
Que no pierda nada de lo que me regalo.
¿Cómo puedo conseguir todo lo que quiero en ésta vida?
¿Cómo puedo saber si el camino que estoy andando es el mismo que él anda?
¿Cómo sentir la calma si papá no está a mi lado?…
Si papa no sé dónde está.
¿Cómo he dormir tranquila si mi despertar siempre es amargo?
¿Cómo ser feliz, si vivo en el letargo de la tristeza?
Si en mi cabeza y en mi pensamiento,
No hay otra cosa que no sea volver a ver a papá.
Como decirte mamá…
Que tú eres el camino perfecto que conduce a mi alegría.
Que eres el más corto sendero a mi esperanza…
¡Al amor que quiero!
Eres tu mamá:
La fuente de fe, de gozo y de amor que perdí aquel día…
Aquel día que el destino se cruzó en nuestras vidas y me dejo sola.
Ése amargo atardecer en el que por cosas de la vida,
Perdí no solo a mi padre…

Con él perdí su querer, y con él…
Con él se fue una parte viva de mí.
Ahora camino por mucho lugares y lo hago siempre sola…
¡Nadie está conmigo!
Mi alma ya no ríe,
Mi alma solo añora el amor y el abrigo que ayer perdió.
Como decirte mamá, que en mi poco a poco murió la sonrisa franca,
La alegría innata que mi padre me heredó.
Como decirte que cuando papá se fue…
Con él murió no solo mi felicidad.
Desde ése momento, empezó a agonizar poco a poco mi existencia.
Y es que a mi vida le hace mucha falta su amor, sus palabras.
Mamá…
Mamá, ¡Le hace mucha falta su presencia!
Es triste ir a la calle, y ver como todos tienen una familia,
Y como eso me hace llorar.
¡Como duele recordar que yo la tenía! y ahora…
Bueno ahora es solo un recuerdo.
Muchas veces me muerdo los labios para no decirte cosas que te hieran
Cosas que siento en el alma y que amargan mi vida entera.
Como quisiera que fueras el camino perfecto para llegar a mi padre.
He recorrido en mi corto andar,
Varios caminos en esta búsqueda incansable.
Las ansias de reencontrarme con mi padre,
Me dan fuerzas para seguir adelante.
Mi paso es duro, es cansado, es difícil, es atormentado, es débil…
Pero eso sí mamá…
Mi paso aunque es muy lento, es un paso constante.
Siempre voy adelante de toda mi amargura y de toda mi desesperanza
Porque el tiempo no me alcanza para detenerme a pensar en nada…
En nada que no sea reencontrarme con papá,
Por eso sigo en éste camino
Y cada paso que doy hacia el frente, aunque no sea el correcto,
Me fortalece y me llena de ánimo el corazón.
Hace que viva en mí, la misma ilusión de encontrar a mi papá.
Crece en mi mamá, el inexplicable deseo de no detenerme…
¡De seguir andando!
De seguir buscando a ése hombre que tanto amo y que es mi padre.
Ya no me importa si en esa búsqueda a mi vida le llega la tarde…
Porque la sabré admirar.
Sabré que aún me queda otro medio día para seguir buscando

Y eso me hará seguir.

Nada hará morir en mí, las ganas de poderlo encontrar…

De poderlo mirar y llenarlo de besos.

De contemplar sus ojos quizá cansados,

Quizá ya no traviesos por la vida de soledad que lleva.

Aprovecharé la vida del día que me queda para que en mí no muera el amor por él.

Redoblaré mis esfuerzos,

Y aunque mis pies comiencen a cansarse…yo mamá…

Yo seguiré adelante por el amor que le guardo y que le tengo.

Descubriré con la tarde que cae,

Que en mi alma me sostengo por amor.

Por un amor, que es el más grande que jamás pueda existir…

Por un amor que nunca nadie haya conocido.

Por el amor que siempre yo he vivido,

Aunque lo hayamos hecho los dos por separado.

Lucharé mamá, lucharé por no cansarme

Y poder estar al lado del ser que más amo.

Cuando lo vea, quizá no lo reconozca, y no sabré que hacer.

O quizá ni siquiera me dé cuanta que él es a quien yo buscaba

Y lo ignore.

Como es la vida de ingrata conmigo porque busco un padre sin rostro.

Recorro un camino para encontrar a mi papá y no sé cómo es él.

Tú sabes bien mamá, que lloro porque el ayer nunca quise que pasara.

Pero también sabes que hoy no hay nada que me detenga para seguir buscando

Así que no puedo parar, y sigo andando el camino sinuoso para llegar a papá.

Sí… Sí

Sí ya sé, que no sé dónde está…pero seguiré insistiendo.

Porque él es parte fundamental de mi vida.

Y tu mamá, tú eres el camino perfecto para llegar a él.

Yo confío siempre en ti porque te amo.

Te cuento todas mis penas y todas mis alegrías porque te tengo aquí conmigo.

Pero hoy en éste día lleno de matices diferentes

Me gustaría saber lo que sientes al oír que pregunto por papá.

Pero como es costumbre… ¡siempre te quedas callada!

No me dices nada y te pones a llorar.

Aún puedo recordar en forma viva mis días junto a papá.

Recuerdo como llegaba, me abrazaba y me sonreía.

Siempre veía en mi cara, solo amor por los dos.

Él contento me ponía en sus brazos, me llenaba de cariños…

Me hacía tantos mimos, que terminábamos sonriendo como niños.

Y tú…tú nos juzgabas de locos.

Pero sé, que no fueron pocos, sino muchos los momentos de alegría con papá.

Un día, recuerdo que él se tiró en el piso…Era mi caballito

Y tú me tomabas en tus manos para que yo lo montara.

En ése momento mágico no había nada, solo alegría en casa.

Los tres sonreíamos sin parar…ustedes eran niños conmigo.

Sin palabras me enseñaban a amar…

Con su compañía, me daban el calor que me hacía falta.

Porque era tanta la felicidad, que no cabía en mi pecho.

También recuerdo, cuando me tomaba en sus manos y me ponía en cama para dormir.

Me veía, me besaba, me decía que me amaba,

Que era su tesoro y que sin nosotras…

Sin nosotras no podía vivir.

Son tantos y tan pocos los recuerdos que guardo de papá…

Que es el mayor tesoro que siempre llevo conmigo aquí en el corazón.

Seguiré mi andar…no descansaré hasta encontrarlo.

Sé que algún día podré mirarlo a la cara para ver si ha cambiado.

No sé qué sentiré tenerlo de frente,

Ni se si querré estar de su lado.

Lo que sí sé, es que él es mi padre y debo encontrarlo.

Nunca dejaré de amarlo porque siempre seré su hija.

Siempre estaré buscando el camino que me conduzca a él.

Sin importarme cuanto debo yo caminar.

Sin importarme siquiera, que pase tragos amargos de hiel

Porque al final, mi recompensa será tenerlo conmigo.

Sé que está vivo y eso me reconforta…

Mi corazón no me miente…

Mi alma espera ansiosa ése momento para estar en sus brazos otra vez.

Y hoy este donde él este…Hasta allá le llegará mi oración:

Señor, tu que eres el padre de nosotros.

Dios que todo lo perdonas por amor.

Ayúdanos a ser dichosos

Aminora un poco todo mi llanto…

Aminora todo mi dolor.

Guía mis pasos por el buen camino

Toma mi mano y dime por donde andar.

Dios dale luz bendita a mi destino

A mi corazón dale fuerzas para amar.

Señor, no me dejes caer nunca más.

Ni permitas que me invadan los malos sentimientos.

Cuando esté en peligro…llévame donde estas
Cuando halla vida…déjame disfrutar de ésos momentos.
Sabes de lo que tanto carezco y lo que quiero.
No sé si esto que vivo lo merezco.
Lo que sí sé, es que sin tu amor yo me muero.
Te pido aquí de rodillas me guíes en éste camino
Y me muestres el sendero para llegar a papá.
Señor tú eres de todos el destino…
Con tu amor…dime,
¿Dime dónde está?
Siempre en mis noches antes de dormir rezo y le pido a Dios.
Pido por nosotras dos mamá, pero también pido por papá.
Ahora no sé dónde está…pero sé que tú me guiarás a él.
Porque tú eres el camino perfecto para llegar a papá.
Así que toma en cuenta mis palabras y mis peticiones.
Porque sabes que el final terminarás cediendo.
Sí…sí, ya está cayendo la noche
Y nuestros corazones aún están latiendo de amor.
Del amor que sentimos:
Tú por mí y yo por ti.
Te amo mamá…nunca lo olvides
Pero siempre recuerda que necesito saber de papá.
Así que…
A donde quiera que él esta…
Le mando mis besos
Le mando mis abrazos
Le mando mis sonrisas
Le mando mi esperanza
Le mando todo mi amor…
Y le pido a Dios que me lo siga protegiendo.
Ahora me despido mamá, porque ya es tarde y debemos descansar.
Solo recuerda que para amar…
Nunca debemos tener egoísmo.
Jamás debemos ser hipócritas
Y siempre estar prestos para dar.
Buenas noches mamá… ¡Te amo!

Ya termine de escribirte una carta más, y ¿Sabes que mamá?, me da gusto que esta vez allá sido temprano el haberte escrito, tengo tiempo aún para salir a jugar con mis amigos. Iré a ver cómo sigue mi amiga ardillita para saber sino le paso nada grave, y decirle yo también que la amo y que cuenta conmigo porque ella es parte importante de mi vida, como yo soy parte importante en la vida de cada uno de mis amigos. No sé si me dé la noche jugando con ellos y otra vez mi amiga luna y mis amigas estrellas me vuelvan a cobijar para que no pase frio, pero sí sé que iré a jugar con todos, pues estoy ansiosa de sentir el amor y la compañía, que tú egoístamente me niegas y no me das. Te mando mis bendiciones mamá, te mando mi amor, y te recuerdo que te amo mucho. Buenas tardes y recuerda que lo mejor de la vida, es la vida misma, solo hay que saberla vivir… y yo mama, yo quiero vivirla. Me despido por ahora, y espero pronto hagas consciencia y sepas que necesito vida.

Tu hija que aún en el sufrimiento y la soledad, te ama y eres lo más grande para ella.

¡Gracias mamá por leerme y por ser mi madre!

Con amor:

Tu hija, la hija que siempre te amará

Pd. Hay caminos que pueden ser más fáciles con fe, con esperanza y con amor… ¿Por qué andar los caminos de desesperanza? ¿Por qué recorrer los de incertidumbre? ¿Y por qué andar entre tanto dolor? -Si sabemos que existe Dios.

CARTA ONCE

TENGO UN SUEÑO…
¡QUIERO VIVIR!

"ARMONÍA, PAZ, GOZO Y AMOR, SON VIDA… VIVAMOS"
Agustín Carranza :/II

✎

Ésta vez todo es diferente. Todo quise que lo fuera. Les pedí a mis amigos que me acompañaran al bosque porque quiero estar dentro de él, para vivir lo que es la magia de estar rodeada de seres que nos dan vida, alegría y amor a todos. Conmigo vinieron los cachorritos de ojos color de cielo, el perrito mugroso, la familia ardilla, los gatitos, la familia conejo, la familia pajaritos, se vinieron también mis amigas las plantas, las flores, mi amigo el árbol, todos ellos y muchos más están conmigo en éste viaje que hicimos juntos, en mi alfombra mágica. La que siempre esta lista y dispuesta a servirme en todo cuando deseo y necesito. Su pasto es más suave, más verde, más vivo y más juguetón, pues nos hace cosquillas a todos en los pies y nosotros no paramos de reír. Estamos volando a través del cielo, que es nuestro cómplice y pone a nuestra disposición, las nubes para que nos guíen y hagan más placentero el viaje. El viento se ha unido a nosotros y suave y sereno, nos va cantando para que sepamos cuanto nos quiere. El sol disminuye su calor para ponerlo en la medida perfecta y poder seguir así con nuestra travesía. Luego lanza unos rayos juguetones, simulando que nos quemarán, esto para darnos miedo, y después tomarnos a todos en sus manos y llenarnos del calor que tanto nos hace falta a los seres vivos. En la distancia, alcanzo a ver los movimientos que hacen la calle y la banqueta mugrosa y fea para que sepamos que también nos quieren, y que están felices de verme al fin con la vida que no tenía. Desde acá arriba, todo es único y me doy cuenta de lo pequeño que somos los seres humanos creyendo tontamente ser grandes. Ahora veo que la grandeza de los seres, no está en creer tenerla, o creer sentirla, sino en vivirla y en dar a los demás, lo que los demás no tienen. Veo además, que por más esfuerzos que hagamos por alcanzar el cielo y llegar a Dios, nunca lo lograremos con el egoísmo que hay, ni con la maldad que vivimos pues solo nos preocupamos por el aquí y el ahora, y nunca pensamos en el otro, ni en la verdad. El viaje está llegando a su final pues ya se distingue un paraíso terrenal colmado de pinos, de encinos, de gigantes, de manzanos, de duraznos, de capulines, de nogales y de muchos árboles más, que hacen del bosque algo único que nunca se verá. La claridad que ahí se ve, es una claridad que me llena de luz, y ésa luz debo anidarla en mí, para hacer con ella un espejo en los demás. Por fin bajamos y ahora todos mis amigos y yo, somos recibidos por más animales silvestres y muchas más plantas, vegetales, flores, árboles y aves.

Es más, hasta del lago cristalino que hay aquí, han saltado muchos peces para darnos la bienvenida y gritarnos que están felices de tenernos aquí por vez primera y que esperan que no sea la última. Todos estamos contentos con tantas muestras de amor y solo nos basta agradecerles, y decirles que también los queremos y que siempre habíamos soñado con conocerlos y estar a su lado, aunque fuera por una sola vez. Más ahora que siento la vida, estoy segura que vendremos más a menudo. Es temprano aún, pues la mañana va comenzando y nos ponemos a jugar con nuestros nuevos amigos. El tiempo va pasando y veo que todos los animalitos del bosque donde estamos, van colectando nueces, frutas, hojas y flores para preparar y alistar la comida. El que no vea lo que estoy viviendo creerá que es mi imaginación, pero les aseguro que esto es algo que no quiero que termine nunca. Se ha llegado la hora de la comida, voy a la orilla del lago, éste me sonríe, me besa cuando toco su agua y me refresca la vida con su vida, luego apacible me ve partir lleno de amor, porque sabe que estaré cerca de él comiendo con todos. La mesa está servida y ya están listos todos los árboles, las flores, las demás plantas, las aves y los demás animales, todos, todos están listos. Comenzamos a comer y a disfrutar de todo. Luego al terminar, veo que se hace una mesa redonda y con mucha seriedad se comienza lo que parece la sesión del día. Para mi sorpresa no es ninguna sesión, han hecho la mesa redonda porque quieren saber cuál es el motivo por el que estoy yo ahí, y quieren saber cómo ayudarme, porque según me dicen los árboles, que el viento siempre les lleva información de mí y les comenta que me la paso triste, sola y muchas veces llorando. No sabía que ellos ya me conocían y eso me sorprende, pero al mismo tiempo, me siento honrada al saber que hay, sin que lo sepa, seres que me quieren y desean verme feliz. Después de oír las historias de todos, porque me dejaron para compartir mi historia al final, voltean a verme y con gran cariño, posada sobre mi hombre, una preciosa águila, me pide diga y cuente todo lo que me pasa, que ellos sabrán ayudarme ya que cuando hay amor verdadero, no hay imposibles. Les platico acerca de la ausencia de mi papá y de cuanto lo extraño. Les digo de la falta que me hace y de cómo quisiera encontrarlo. Les platico cosas acerca de mi mamá y les comparto que también **"Tengo Un Sueño… ¡Quiero Vivir!"**. Ellos atentos me escuchan mientras yo les comparto el sueño que tengo y que es por vivir.

TENGO UN SUEÑO...
¡QUIERO VIVIR!

Cuantas veces he caminado por esta vida tan corta,
Sola y sin esperanza.
Cuantas otras no he alcanzado a reír porque la risa no me alcanza para ser feliz.
Como me duele saber que ser infeliz es por ahora mi destino.
Mi camino está lleno de rocas...
Rocas que tú pones a mi paso mamá.
Son tan enormes que se me hacen imposibles de mover
De siquiera poderlas mover aunque sea un poco.
El destino sé que no es tan bueno conmigo como tampoco lo eres tú.
Si...
Sí, tengo un sueño que quiero cumplir...
¡Quiero vivir!
Si, vivir, eso es lo que te estoy diciendo mamá.
¿Me éstas mirando con ésa cara de asombro o de coraje?
¿No te parece que ya hace muchos años que tu silencio me está matando?
¿Qué están mermando las fuerzas en mi pequeño ser para seguir luchando?
¿Por qué en lugar de hablarme claro, siempre solo te me quedas mirando?
Ya estoy cansada de tus miradas, quiero que me hables con el corazón.
Que me digas la razón de tu enorme silencio...
La razón de por qué no quieres que sepa dónde está mi papá.
Yo soy tu hija y tengo mucho derecho a saberlo,
Porque él es mi padre.
Porque a pesar de todo lo que haya podido pasar entre ustedes,
Yo soy la menos culpable de todos sus errores
Y de todas sus culpas.
Así que me disculpas mamá,
Pero me estoy empezando a enojar contigo.
¡Siiii! ¡Siiii! ya sé que tengo tu amor, tus miradas, tus te quiero...
¿Pero es tan difícil para ti entender que me hace falta el abrigo de mi papá?
¿Te resulta tan aberrante saber qué a pesar de no conocerlo lo sigo amando?
¿Qué cuando sigo caminando por mi vida,
Siempre su vida es la que quiero tener a mi lado?
Que nada hay en mí, que no sea poder mirarlo
Y saber la otra historia que no sé.
La parte que tú no me quieres contar
Y que a mí me hace falta saber.
Mamá, mamá mi querer es tuyo y lo sabes muy bien,
Pero necesito a mi papá.

Si alguien me pregunta como es mi padre,
Créeme que no sé qué decir.
Ni siquiera sé cómo luce, o como es su corazón cuando está enamorado.
Lo único que sé, es que me gustaría saber de su vida
Y de su paradero para estar a su lado.
Porque a pesar de todo lo sigo amando.
Porque a pesar de todo él es mi vida.
Él es la persona que sin que tú lo desees,
Más quiero en éste mundo.
No te enojes conmigo por hablarte con tanta sinceridad,
Mejor enójate contigo misma por no querer decirme toda la verdad acerca de él.
No intentes detenerme por seguir hablando,
Porque no lograrás nada.
Ya que muchas veces me haces sentir que me das todo tu amor y otras…
Otras solo siento que es nada lo que tienes que ofrecerme.
Así que para detenerme va a estar muy difícil y más,
Cuando me siento muy sola.
¿Siquiera tú te has puesto en mi lugar mamá aunque sea por un momento?
¿Has sentido lo que siento cuando otras niñas van de la mano de su papá?
¿Has pensado que quizá necesito saber quién es mi padre?
O lo que es mejor…
¿Has pensado que también aparte de necesitarlo…
Necesito de todo su amor para poder sonreír, para al fin decir que vivo?
Apuesto que no lo has pensado porque te aterra la sola idea de saber que amo a
mi papá.
El egoísmo que siempre me demuestras,
Es el mismo que hace que más lo extrañe.
Tus palabras ofensivas hacia él, son las que me sirven de fuerza para necesitarlo
más.
Todo el odio y todo el rencor que sientes por él…
Son poción mágica para mí, porque en mí,
Se convierten en amor…
En el amor más grande y más sublime que jamás haya tenido una hija por su
papá perdido.
¡Aahhh! Y todo lo que he vivido contigo,
En parte me ha hecho una niña muy contenta.
Pero mamá…
Mamá debes caer en cuenta que para poder ser feliz necesito de los dos, no solo
te di.
Me gustaría tener una foto de mi papá para poder mirarlo a diario
Y platicar con él.

¡No!… ¡No estoy loca!

Solo falta de amor paterno y de mi verdadero padre.

Sé que donde quiera que él este, Dios me lo ha de cuidar y yo…

Yo seguiré rezando por él para que este bien y un día lo pueda yo encontrar.

¿Sabes mamá?…

Muchas veces has visto mi cara llena de tristeza y de llanto en silencio.

Muchas otras, has notado en mí, que no sonrío con mucha frecuencia.

Te has dado cuanta también que me porto callada y apartada de todos.

Que no soy la niña más normal que pude haber sido si todo fuera diferente.

Y sin embargo, viendo en mi todo lo que tú ves…

¿Te ha importado?

¡¡¡¡Noooooooooo!!!!

¡No te ha importado para nada!

Porque nunca has hecho a un lado tu estúpido orgullo de mujer herida.

Porque a ti te importa más tu vida, que mi vida misma.

A ti solo te interesa saberte bien de salud

Y rodeada de quienes crees, te quieren.

No te das cuenta que yo te necesito

Y que solo me hieren tus actitudes y tus desplantes.

Porque son más constantes en mí,

Tus mentiras, que tus verdades.

No…

No me hables,

Ni trates de callarme porque quiero desahogar esta pena que me mata.

Quiero gritar de impotencia, porque por tu culpa no soy feliz.

Yo quiero saber que se siente tener un padre y no lo sé, gracias a ti.

Y digo gracias a ti, porque no puedo culparlo a él,

Si él no está conmigo para saber su verdad.

No me interesa si me fulminas con la mirada porque esta vez no te haré caso.

Me portaré tan indiferente como tú te portas conmigo.

¡Aaaaahhhhhhh! ¿Te dolió eso que hice?

¿O te dolieron mis palabras?

¿Es duro saber que uno ama a un ser, y ése ser es egoísta, verdad?

¡Shhhhhhhhhhhh! ¡Shhhhhhhh!…¡¡No digas nada!!

No dejaré que me digas una sola palabra porque aún no termino.

Te dije que tengo un sueño y tú te reíste…

Mi sueño es vivir…

Y ése sueño aunque te parezca tonto es mi meta y lo la voy a conseguir.

No piensas que porque me ves que respiro,

Que camino, que duermo, que hablo,

Que voy a la escuela, que hago mis tareas o que salto…estoy viva.

No mamá, eso no es vivir… eso es existir, que es muy diferente.

Vivir es ir más allá
Vivir es tener comprensión
Vivir es tener esperanza.
Vivir es tener corazón.
Vivir es tener a Dios sin mentiras.
Vivir es saber que te veo
Y saber que tú me miras.
Vivir es estar presto a lo que se necesita.
Y a lo que nos hace daño para evitarlo.
Vivir es esa lucecita que se llama papá
Vivir es saber dónde está para poder amarlo.
Vivir es no tener rencor.
Vivir es tener paciencia.
Vivir es por siempre amor.
Y del amor, tener por siempre su presencia.
Vivir es no solo respirar.
Sino saber de dónde viene ese respiro.
Vivir es amar.
Y amar es lo que te pido.
Vivir es mirarme en ti.
Vivir es que te mires en mí.
Vivir es saber que hay dolor.
Pero para vivir, todo lo transformamos en amor.
Vivir son tus palabras de aliento.
Vivir es tener tu compañía.
Vivir es no solo estar contento
Vivir es darle vida a la vida que moría.

Si mamá…Como ves el amor va más allá de unas simples acciones.
Porque si tu pusieras más atención a lo que te rodea,
Sabrías que estas vacía.
Y aunque con terror, sabrías que no es solo mía la amargura,
Sino también tuya.
Así que ya no sigas con ése silencio que me mata y me desespera
Y comienza por sincerarte conmigo,
Diciéndome dónde puedo encontrar a papá.
Porque dentro de mi sueño, papá es la pieza principal para lograr tener vida.
Así que aunque a ti siempre se te olvida,
Eternamente estaré para decírtelo… ¡Lo amo!

Si mama…
Amo a mi papá y nunca dejaré de amarlo porque siempre será mi padre.
No importa sino está cerca de mí y si no sé dónde está ahora,
Lo que sí importa es que lo amo,
Que lo extraño, y que me hace mucha falta para poder ser feliz.
Por favor mami…
Que te cuesta amarme un poco y hablarme de papá.
No mamá, no dejaré de amarte a ti, solo entiende que me hace mucha falta.
Que necesito de sus miradas, de sus gestos,
De sus mimos, de sus regaños y de su alegría.
Porque ya quiero hacer mía la vida…
Ésta vida que se me está yendo sin compasión.
Ésta vida que vivo sin razón porque la razón de mi vida es mi padre.
¡¡Ya mamá!!
Ya no te enojes más y dime… ¿Dónde está mi papá?
¿Cómo es él?
¿Cómo se portaba conmigo?
¿Eré bueno?
Anda, dímelo…
Aquí te estaré esperando para cuando lo quieras hacer.
Por ahora me quedaré callada como siempre para seguir esperando que hables.
No me calles, que yo sola lo haré.
Si mamá, te amo…
Te amo y aquí estaré esperando por ti
Para que me des la vida que no tengo.
Porque cuando nací me disté la vida sin pedirlo y ahora mamá…
Ahora solo te pido que no me la quites.

He terminado de contarles mi sueño y veo que muchos de ellos tienen lágrimas en sus ojos y otros más, están a punto de llorar. No sé si es porque lo que les conté es algo que alguno de ellos vive o porque ya es tarde, están cansados y debemos regresar a casa para que todos descansemos. Lo cierto es que ahora que me he desahogado escribiéndote ésta carta mamá, me siento más plena, más libre, más tranquila y más optimista, pues sé que Dios está conmigo, contigo, con papá, con mis amigos y con todos los seres en general. Sé que ya es tarde y todos mis amigos no quieren que los deje, pues hemos pasado, aunque recién nos conocemos, solo momentos felices. Nosotros debemos volver a casa nuevamente para que todo aparezca tal y como estaba antes de que tú te fueras a trabajar mama, porque si no, sé que pondrás el grito en el cielo por no verme ahí. Todos nos gritan que no nos vayamos, así que nos quedamos otro rato más, y seguimos jugando para terminar el día así… De pronto me siento sin darme cuenta para descansar un poco y de repente me quedó dormida muy profundamente pero antes que eso pase, siento un calor rico que me abraza y que toca mis mejillas también. Son los abrazos y los besos de mis amigos. Sin darme cuenta ni como, ni a qué hora pasa el tiempo, medio despierto para acomodarme y seguir dormida. Pero abro de repente los ojos y me veo nuevamente en el jardín mágico de mi casa. Los vecinos como siempre sonriendo de amor por mí, están detrás de su ventana y todos mis amigos cuidándome. Así que antes de volver a quedarme dormida te pido mamá, que tomes de mi mano ésta carta, la leas y sepas que te amo, pero que también amo a mi papá y lo más importante; quiero cumplir el sueño de ésta carta, Quiero Vivir. Ahora si buenas noches Papá Dios, buenas noches mamá, buenas noches papá donde quiera que estés y buenas noches a todos mis amigos… ya mañana investigaré que paso con mis nuevos amigos allá en el bosque. ¡¡Aaaahhhhhhh, Sean felices todos y hasta mañana!! Mamá, hoy no me lleves a la cama, déjame aquí que me siento protegida, necesaria y amada. Hoy quiero seguir durmiendo aquí. ¡Gracias mamá!

Mamá, me despido una vez más amándote

Pd. La niña que no solo sueña, sino que también desea vivir.

CARTA DOCE

MIS PENSAMIENTOS ME HACEN CAER

"LO MEJOR DE UNA CAÍDA, ES LA LEVANTADA, Y LO MEJOR DE LA LEVANTADA ES APRENDER DE LA CAÍDA"

Agustín Carranza :/II

🌿

Ayer fue fin de semana y estuve con mi mamá toda la tarde. Después de muchos, muchos meses que no estaba conmigo. Comimos juntas, platicamos, me escuchó, me sonrió y me demostró que me ama. Juntas limpiamos la mesa. Después, mientras ella lavaba los trastos, yo ordenaba lo demás para dejar la casa limpia pues me prometió, me llevaría al cine. La disfruté como nadie se imagina. El tener a sus seres queridos al lado es el regalo más grande que Dios nos puede dar. Me pidió que me bañara, yo le obedecí pues ya lo hago sola desde hace mucho tiempo, así que, me fui a bañar para ponerme guapa como a papá le gustaba siempre, y así poder salir con mamá al cine. Terminé de bañarme y cuando esto pasó, mamá me tenía planchada y lista la ropa que debía ponerme. Siempre me ha inculcado ser limpia y lucir impecable así que me alegre, que ésta vez fuera ella la que decidiría que ponerme y como luciría yo a su lado. Me peinó, puso crema perfumada en mi cuerpo, me ayudó a vestirme, me puso una fragancia exquisita al olfato y me dejó preciosa, como la muñeca y reina que soy y que seguro, sigo siendo para mi papá. Después que terminó de arreglarme y de dejarme linda, mamá se fue a bañar para ella hacer lo mismo y así poder, salir juntas a pasear y a disfrutar de la tarde que ambas habíamos deseado desde hacía mucho tiempo y que, por razones de su trabajo, y otras por su egoísmo, no se nos había dado. Finalmente mamá estuvo lista y las dos bellezas salimos de la mano como las más grandes amigas. Ambas íbamos platicando alegres, ella me escuchaba, cosa poco común pues casi nunca pasa eso porque siempre está de mal humor por tantas cosas. Hoy me sonreía, me hacía sentir que realmente le importaba y que le dolía lo que estaba pasando sin tener a mi papá conmigo. Recuerdo que en el cine vimos una película de estreno con Robín Williams, PAPA POR SIEMPRE, es una película muy humana y llena de verdad. Así como el personaje de Robín Williams, así era de alegre, de positivo y de amoroso mi papá, según recuerdo. En ésa película vi reflejada mi vida y la de mis padres, con la única diferencia que en ella si se podía acercar el papá a sus hijos y en mi caso, mamá no deja que papá se me acerque por egoísmo, por venganza, por hacerle daño a él y por curar, y justificar equivocadamente de ésa forma los errores que ella cometió. Hubo momentos en la película que me hicieron reír porque el personaje está muy cómico, pero la mayor parte del tiempo lloraba por ver a mi papá reflejado en ése personaje… realmente quería que papá estuviera conmigo y que mama, fuera más condescendiente con él y lo dejará estar cerca de mí. Mamá que estaba al lado mío también sonreía por todas las cosas cómicas que pasaban dentro del filme, pero sé, porque la vi, que ella nunca se imaginó lo que estaba pasando en mi corazón, es más, ni siquiera supo que yo lloraba en silencio por mi vida, por la vida de mi papá, por la vida de ella y por la vida, que me estaba dando con su egoísmo y su falta de amor y de humanidad hacia mí. La película terminó con un final feliz, como siempre pasa en las películas. Antes que se encendieran las luces, sequé disimuladamente mis lágrimas y abracé a mamá agradeciéndole el haberme llevado al cine, pero sobretodo, el que estuviera conmigo toda la tarde. Mamá como siempre no notó que había llorado pues en su cabeza siempre hay algo más, y no es lo que me pasa precisamente. Salimos del cine y nos fuimos caminando al parque que yo siempre visito y que ella, ni siquiera sabe. Durante el camino del cine al parquet, mamá compró unos helados y fuimos platicando mientras los degustábamos y mientras disfrutábamos de la tarde que ya iba cayendo. Llegamos al parque y ahí había muchas familias reunidas disfrutándose unos de los otros. Todos jugaban entre ellos y se daban muestras de absoluto amor, yo hice como que no tenía eso importancia para mí y seguí hablando con mamá. Traté de aprovechar al máximo la tarde y las horas que por fin, mi mamá me había regalado. Así que aunque me dolía el amor de familia que no tenía y veía en los demás, gocé de las horas con mamá. Hubo un momento breve que sin quererlo me transporté a donde estábamos mamá, papá y yo juntos, además de todas las familias que ahí estaban ya reunidas... Todo cambió, y todo fue solo reír. Pude ver a mi mamá con la sonrisa que nunca le había visto, sus ojos adquirieron un brillo especial que la llenaba de luz, su corazón lo sentía al fin sincero, en paz y con amor... el mío henchido de alegría y de gozo por lo que estaba viviendo. A mi papá lo disfruté y le pude decir muchas cosas reprimidas que no le decía. Todo era un paraíso en donde estábamos pero de pronto,- hija debemos irnos, es tarde y mañana debo trabajar. La voz autoritaria de mamá me hizo volver a la realidad y obedecí. De regreso a casa vi como los niños volvían también en medio de sus papás y tomados de las manos, a un lado llevaban a su mamá y al otro a su papá, eso me dolió, lloré nuevamente pero mamá, como siempre pasa, no se dio cuenta. Ella sólo quería estar de regreso en casa pues le urgía hacer no sé qué cosas. Sí, eso lo viví en fin de semana y ahora que ya ha está pasando, me vuelvo a sentir sola y me doy cuenta que todo lo que vi y viví me ha hecho poner triste y muy sensitiva, por eso estoy, escribiendo esto para ti mamá, porque todo lo que vi me tiene sin fuerzas, sin ilusiones, sin ganas de nada y ahora solo siento que **"Mis Pensamientos Me Hacen Caer"**.

MIS PENSAMIENTOS ME HACEN CAER

Mamá, quiero contarte que el otro día me caí.
Que muchos niños me vieron y empezaron a reír de mí.
Mis útiles escolares volaron por el aire,
Para caer lejos de donde yo quedé.
Nadie me brindó ayuda y ahí estuve por un corto tiempo.
Mismo que se me hacía interminable…
Para mi mamá, ¡¡De lo más indeseable!!
Yo… ¡Huummm!
Bueno yo estaba abatida por el dolor y enojada por haber tropezado.
Lo único que pude ver y sentir fue que nadie estaba a mi lado.
Que todos los que estaban presentes solo estaban para burlarse.
Que sus risas eran filosos cuchillos que traspasaban mi alma
Y no querían callarse.
Sus rostros solo eran la realidad fiel de todo lo que me está pasando.
Porque mientras ellos no se cansaban de mofar,
Yo me quedé llorando.
Empecé a gritarles llena de rencor…
Y sin poderme contener por lo que había pasado
Les dije que eran unos ingratos, unos seres inhumanos.
Que en vez de burlarse de ésa manera,
Me ayudarán, me dieran la mano para levantarme.
Hasta el cansancio les grite que se fueran, ¡¡Que me dejaran en paz!!
Que no necesitaba más de sus malos tratos
Y que no fueran tan ingratos conmigo.
Ya fuera de control, por un momento pensé en ponerme de pie.
En abalanzarme sobre ellos
Y desquitar toda mi rabia y todo mi coraje.
Y es que a veces mamá, a veces una enojada no sabe lo que hace.
Yo lo único que quería en ése momento era desahogar lo que siento.
Liberarme de las penas que me atormentan desde hace mucho tiempo.
Seguía tirada en el suelo y ellos… ellos no paraban de seguir riendo.
Mientras era su objeto de alegría, yo seguía ahí tendida en el suelo.
Ya no me importaba que se burlaran de mí.
Los miré y alcé la mirada al cielo…
Traté de pensar que no estaba pasando nada en ese instante.
Que los que estaban delante de mí no eran risas burlonas…
Sino mis padres.
Así que los ignore por completo y empecé a soñar en ustedes.

Si mamá, empecé a pensar que tú y papá estaban conmigo.
Que todos juntos estábamos de día de campo y que mi llanto…
Mi llanto no era de coraje, sino de alegría, de gozo por estar unidos.
Y ésas risas que yo escuchaba, era solo el trinar de las aves.
Era el acompañamiento celestial que Dios nos había regalado
Porque mientras nosotros estábamos juntos,
Dios estaba a nuestro lado.
Vi claramente como mi papá posó su mano amorosa en mi hombro.
Yo llena de asombro, sin pensarlo le di un beso con ternura.
Tú nos veías mamá, tú nos veías orgullosa y llena de dulzura.
Y uniéndote a las muestras de amor de mi padre,
Me abrazaste también.
Me confiaste al oído, cuanto por mi habías sufrido.
Y me dijiste en secreto, cuanto… cuanto le amas a él.
Yo los estreché con mis pequeños brazos a los dos
Y con los ojos anegados alcé la mirada una vez más al cielo
Y le dije a Dios:
Señor…
Señor, no dejes que esta felicidad que ahora siento se me vaya.
Haz que mis padres estén siempre unidos con amor.
Quítales Señor,
Todo lo que los separa y dales lo necesario para ser mejor.
Bendícelos…
Bendícelos con tu amor y dales más paciencia para que puedan vivir.
Dales Fortaleza para que las tentaciones no los puedan dividir.
Muéstrales que la vida no es pelear,
Sino saber salir abantes en los tropiezos
Y que sepan aprender de todas las caídas que uno pudiera tener.
Dales salud, para que su mente y corazón siempre sean sinceros.
Que mis padres no sean egoístas…
Que mis padres no sean pendencieros.
Dales vida, porque dándoles vida a ellos, me das vida a mí.
Y que mejor vida que con ellos poder ser feliz.
Terminé mi oración a Dios y ustedes mamá…
Ustedes seguían en mis pequeños brazos.
No hablaban palabras articuladas pues no era necesario que lo hicieran
Porque aun así pude descubrir cuanto se aman.
¡Nos fundimos en un abrazo más intenso, más sincero, con más calor!
Sentí como el amor nos invadía en ése instante.
Volví a escuchar las risas burlonas delante de mí

Y fue ahí, que supe, que solo estaba soñando con algo que no es.
Les lancé mamá…
Les lancé la mirada más fulminante que haya yo jamás tenido
Y es que quizá ninguno de ellos ha sufrido…
¡¡Nooo!! ¡¡Nooo!! No, quizá ninguno ha sufrido como he sufrido yo.
No es fácil mamá,
No es nada fácil ver que todos tienen papá y yo no.
Después de verlos a todos ellos reunidos en torno mío,
Incansables de burlarse y llenos de alegría por lo que me pasó.
A mí me invadió el más intenso frío que jamás te hayas podido imaginar.
Era tanto el frío y tanta la soledad que no me podía levantar
Solo quería seguir ahí tendida, pero de pronto mamá…
De pronto me quedé sorprendida
Porque no había tropezado con nada
No vi algo con lo que yo pude haber tropezado.
Fue solo que mis pensamientos, la ausencia de papá
Y tus sufrimientos me habían tumbado
Si mamá…
Si, caí quizá abatida por la falta de papá
Me duele sufrir por no saber dónde está, pero sobre todo
Porque no sé cuándo lo volveré a ver.
Como lo quisiera tener conmigo
Para sentir su abrigo y su calor.
Para que papá sepa que mi amor nunca ha cambiado.
Que aunque este en otro lugar
Yo siempre lo he amado y nunca lo dejaré de amar.
La caída que tuve fue muy provechosa
No niego que también fue muy dolorosa…
Pero me sirvió de mucho.
Me dio las fuerzas para luchar conmigo misma y poderte decir
Que así no puedo vivir y me hace falta mi papá.
Me llenó de valentía para confesarte que te amo mamá
Pero que de la misma forma tan desaforada con la que te amo,
De ésa misma forma amo también a mi papá.
Ésta caída me sirvió para comprender que las caídas nos hacen más fuertes.
Que entre más caídas uno tiene, más fuerte uno se hace.
Me enseñó que estar en el suelo es más bueno de lo que yo pensaba
Porque solo ahí es donde puede uno recapacitar
Y valorar lo que se tiene.
Ésta caída fue lo mejor que pudo haberme pasado porque con ella…

Con ella descubrí que el coraje se puede transformar en alegría
El odio se puede convertir en amor.
La desilusión se hace el pilar perfecto de la esperanza.
La impotencia hace nido para ver florecer al gigante que llevamos dentro.
La angustia se convierte en la mágica miel de la vida.
Y el rencor deja de ser rencor para hacerse armonía en el corazón.
Una caída es de las experiencias mejores que se puedan tener
Por eso aquél día que caí,
Al principio estaba ciega y llena de humo en mi cabeza.
Después de comprender que había caído y porque me había pasado
Desapareció la tristeza para darle paso al sol que me invadió en su totalidad
Porque la verdad…
La verdad, como en mi caso, tenía que verla desde el suelo.
Bueno mamá,
No quiero aburrirte con mi carta así que mejor empiezo por despedirme
Voy a irme importándome poco si vuelvo a caer o no
Pues lo único que yo quiero saber es,
¿Cuándo me dirás donde esta papá?
¿Por qué sabes mamá?
Quiero volver a verlos unidos otra vez.
Así que cuando pase el tiempo y estés donde estés
Recuerda que tu hija te ama y quiere ser feliz.
Gracias por haberme leído y gracias por toda tu atención
Gracias por estar a mi lado.
Pero por último mamá, por favor…
Por favor ayuda a sanar mi adolorido y vacío corazón.

Con amor:

Tu hija

Te he terminado de escribir una carta más, de las tantas que he escrito para ti mamá y espero que después de leerla hagas conciencia y despiertes el amor de madre a hija, porque eso es lo que me hace falta tener de tu parte, para poder encontrar a papá y comenzar a ser feliz. Cuando llegues y me veas tirada en el piso donde me quede dormida esta vez, por favor mamá, tómame en tus brazos, no te enojes nuevamente por no irme a la cama y dame un beso amorosa que yo lo podré sentir para saber que ya llegaste y que aunque dormida, me das un poquito del mucho amor que no me das. Ya hice mi tarea, limpié la cocina, dejé todo ordenado como siempre, lo único que volvió a faltarme eres tú y mi papa. Mamá, te pregunto; ¿Será que algún día dejarás tu orgullo, aceptarás que me haces daño con no dejarme saber nada bueno de papá y me dirás dónde encontrarlo?... Buena noche, besos y recuerda que te amo.

Mamá, ya no quiero sentir que caigo

¡Los amo y los extraño!

Tu hija

Pd. Tu hija que sueña con tener a su papá... A su lado.
¡Aahhh! Mamá, olvidaba decirte que aún en los días más soleados me ha llegado lo gris de las nubes y a veces en los nublados y grises encuentro luz... ¿En dónde debo verte a ti?

CARTA TRECE

MAMÁ, HOY ESTOY DESANGRANDO...
¡PERO DEL ALMA!

**"VERTIR SANGRE NO DEBILITA... FORTALECE. Y
LLORAR NO ES DOLOR SINO RENOVACIÓN"**

Agustín Carranza :/II

No recuerdo cuanto tiempo ha pasado, ni cuantas cosas he vivido en mi escuela, en mi casa, en el parque, en la plaza, en la iglesia ni en los caminos que he recorrido. Pero si recuerdo que ha habido veces mamá que me he perdido en el tiempo y he olvidado tantas cosas como las que te digo mamá, que no sé si estoy viviendo o simplemente existo. Hoy salí de clases y lloré por tantas cosas. Pero algo que me llama la atención, es que cada vez que lo hago, siempre aparece mi amiga, la niña que me regalo un día la bolsita con diamantes y que yo guardo como un Tesoro. ¿Recuerdas que te lo escribí en una carta? o ¿No recuerdas nada de lo que te escribo?... Bueno, la volví a ver con algo que no alcance a distinguir pero ésta vez no sé qué es. Ella siempre tan misteriosa, pero también, siempre tan oportuna pues aunque ella no lo sabe aún, porque no se lo he dicho, su compañía me hace bien, me trae mucha paz y me llena de fuerzas y eso no alcanzo a explicármelo. Tiene una magia tan especial que espero poder saber cuál es y quién es ella. Algo que llamó poderosamente mi atención, fue que ésta vez estaba acompañada por otras dos niña que nunca había visto en mi vida, pero que también me voltearon a ver con amor y se sonrieron conmigo. Las tres son una fuente enorme de poder que pude sentir porque con solo mirarlas algo dentro de mí se llenó de gozo, de paz y de regocijo. (1. - Athena, 2. - Francesca, 3. - Rosetta). Me gustaría saber quiénes son ellas antes que deje de escribirte, pues esto de escribirte y que no me hagas caso en lo que lees y te digo, como que ya comienza a cansarme. Creo que si sigues así, no tiene caso que lo siga haciendo pero reconozco que hacerlo me sirve para desahogar mi alma dolida por tantas cosas. Hoy todo en mí, después de ver a mi amiguita con sus dos nuevas amigas, es solo desolación porque me siento cansada, quiero correr, gritar, llorar, maldecir, golpear…Quiero hacer muchas cosas porque ya no soporto esta pena que me está quemando por dentro y aunque sé que tengo nueve años siento que ya son más los que he vivido. Ya son seis años sin saber dónde está papá. Lo único que quiero es verlo, abrazarlo y poder tenerlo conmigo. ¡¡¡Aaayyyyy!!! ¡¡¡Aaayyyyy!!! ¿Quién fue el que me golpeo en el pie? ¡Ajaaaa! fuiste tú perrito callejero, si, tú el que fue mi compañero cuando me fui caminando sin rumbo aquella noche donde te conocí y encontré amigos nuevos como la calle sucia y la banqueta fea, maloliente y malhecha. Fuiste tú el que me golpeó en el pie que aún tengo vendado, ten más cuidado por favor. Ven que te voy a abrazar porque sé que lo hiciste sin querer. Ustedes no se enojen bien saben que los quiero a todos. Amigos, les presento a mi nuevo amiguito, el perrito cochino, bueno así te vi y así te llamaré de cariño, ¿Ésta bien? Mira, todas las flores que ves frente a nosotros son mis amigas, así como la familia conejo, la familia ardilla, la familia pajaritos, los gatitos, los perritos de ojos azules de cielo y éste árbol donde estoy sentada que es mi cama, mi silla, mi confidente y muchas cosas más, también es mi amigo. Además, al cielo ya lo conoces, junto con sus estrellas y la luna porque también a ti te alumbran y te dan amor, así que ellos son amigos comunes de todos. Aún me duele la herida que me hice en el pie, pero ya está sanando. Sé que tardará pero si sanará. Mira los que ves detrás de la ventana de al lado son mis vecinos. Ellos siempre me dan amor y compañía sin que lo sepan. Yo se los agradezco y siempre nos saludamos solo de lejos alzando las manos e intercambiando sonrisas sinceras y llenas de buenos deseos. Ahora que ya todos se conocen y que ustedes amigos pajaritos me están cantando tan hermoso, el cielo esta tan claro y lleno de luz del sol, quiero decirles que le escribiré una carta más a mi mamá el día de hoy porque tengo la necesidad que sepa las penas que tiene mi corazón. Espero que la leas con mucho cuidado mamá. Si, si, ya sé que estoy sangrando mucho pero ésta vez no es solo de la herida en el pie de donde estoy desangrándome. ¡¡No!!… ¡¡No!! **"Mamá, Hoy Estoy Desangrando… ¡Pero Del Alma!".**

MAMÁ, HOY ESTOY DESANGRANDO...
¡PERO DEL ALMA!

Caminé descalza, andaba sin rumbo fijo.
Mis pies sentían el frío del suelo y se agrietaba mi alma.
Era poca la calma que sentía y mucha la desolación.
Mi andar es lento y doloroso... me falta la respiración.
Tengo dolido el corazón, por un amor perdido.
Como lo he querido que ahora me hace mucha falta.
Quiero volver a estar con él y por siempre tenerlo.
Quiero siempre quererlo y quiero nunca...nunca más perderlo.
La calle es solitaria, nada hay que me pueda ver andar,
Respiro un hilo de tristeza.
Muevo amargamente mi cabeza...nadie me puede mirar.
Nadie puede contemplar dentro mi ser porque estoy sola.
Mi alma de pena llora y no deja de derramar su llanto.
Soy una niña sin abrigo...
Una niña que extraña tanto y tanto a su padre.
Mis pasos son lentos y el frío es intenso...
Camino, lloro y pienso... en solo encontrar a papá.
No sé ni donde está,
Ni sé si la calle que ando es la misma que anda él.
Solo sé que fue ayer cuando dejé de tenerlo conmigo.
Cuando le vi por última vez su sonrisa y su cara.
Cuando en medio de la nada, solo se fue...me quitó el respiro.
Me dejó sin una parte importante en mi vida...sin él, sin él no vivo.
Silva el viento entonando una desgarrante melodía que me llega hasta el alma.
Me cubre con sus brazos y solo me hace sentir mayor frío.
Grito desesperada que me deje en paz, que quiero calma.
Que quiero llorar, gritar y hacer solo mío...
Éste dolor que me mata por dentro.
Que quiero que éste sentimiento de rencor...se transforme en amor.
Que ésta vida de soledad...se convierta en el amor sincero,
En el amor de verdad.
Que quiero que esto que desangra mis venas,
Se convierta es bendiciones buenas.
Que todo lo que mi alma está sufriendo...
Sea solo pasajero y vea la luz.
Que éste camino interminable se acorte con el amor de mi padre.
Que ésta carga que llevo en el alma, con mi papá me dé la calma.
Que quiero llorar y seguir llorando, quiero seguir pensando,

Que pronto encontraré a mi padre, al hombre que tanto amo.
Calle solitaria, piedras que piso no saben cuánto lo extraño…
No saben siquiera que nunca he dejado de llevarlo en mi mente.
Tú, acera mugrosa que luces tan hermosa así de sucia…
Eres mi confidente.
Tú, calle llena basura, de malos olores…
Me das tu ternura y calmas mis dolores.
Perra hambrienta que nunca te bañas,
Por ti siento enorme aprecio y gran ternura.
Ese montón de basura es solo el reflejo de mucha gente.
Cielo limpio y despejado, eres mi consuelo, eres mi mejor abrigo.
Porque cuando estoy contigo, con la calle,
Con la banqueta, con la perra y con la basura.
No hay duda que me siento como en casa.
¿Que qué es lo que me pasa?…
Siempre es lo mismo desde hace ya mucho tiempo.
Quiero decirles a todos ustedes lo que siento porque a mi madre no le importa.
A ella no le interesa saber qué es lo que me pasa…
Menos pone aprecio en mí.
Que doloroso es vivir como vivo yo mi vida.
Tengo una madre, tengo su amor, pero no me es suficiente.
Mi corazón siente y necesita de mi padre para estar con él.
Calle desgraciada, ya me cortaste un pie…estoy sangrando.
La sangre no deja de salir… ¿Lo puedes ver banqueta?
Mira calle, que inquieta esta la basura,
Que hasta parece locura que yo no llore.
Que la cortada que me hiciste no me duela aunque la sangre salga a borbotones.
Como son mirones todos ustedes…pero son mis únicos amigos.
Si, si ya sé que no me puedes curar, ni hacer nada por mi calle maloliente…
No te preocupes, nada ha pasado,
Yo estoy contigo y tus estas a mi lado.
¡Eeyyyyyy! perra mugrosa deja ya de ladrarme,
Mejor ayúdame a poner de pie y a caminar.
¡No te estoy regañando!
Los dos estamos en las mismas condiciones…
Nadie nos puede amar.
Como quisiera llorar cielo pero no puedo,
No siento el consuelo de mi padre.
Solo siento que me arde pero no es la cortada,
Es éste corazón que está sangrando.
Como me está matando esta pena mortal que tengo desde hace mucho tiempo.

Banqueta, siento que me estoy mareando…quiero recostarme en ti.
Papá no está aquí y mi madre,
¡Mmmhhhh! Mi madre no se preocupa por lo que me pasa.
Y si en cambio solo quiere seguir su vida como si nada pasara.
Como si a mí no me importara saber dónde está papá.
Amigos, como quisiera que mamá me escuchará como lo hacen ustedes.
Si, si ya sé que no están alegres de verme sangrando,
Pero esa cortada no es nada.
La herida más profunda es la de mi alma…
La de mi alma abandonada.
Sí, estoy llorando perrita mugrosa y eso a ti te pone triste.
Recuéstame banqueta, túmbame suelo, quiero ver si puedo olvidar.
Quiero dejar de recordar que estoy muerta en vida.
Que mi alma aunque no está perdida tampoco encuentra la paz que necesita.
Deja de mover tu colita perra linda y mejor acércate a mi pecho.
Sabes que el mío esta deshecho por eso quieres alegrarme.
Quieres regalarme con tus monerías un poco de alegría.
Eso perrita, eso te lo agradezco porque aunque las dos estamos solas…
Te quiero.
No puedo negarte que muero por no saber de mi padre y eso…
Eso me tiene así.
No llores calle fea,
Que para mí aunque estas sucia eres mi mejor compañía.
Y tu banqueta malhecha, llena de basura en tus hendiduras…
Eres mi desahogo.
Cielo sabes bien que siempre que lloro mi llanto llega hasta ti.
Todos ustedes saben que no puedo vivir porque me hace mucha falta mi padre.
Es más, si él estuviera conmigo,
Estoy segura que a ti calle entre los dos te limpiábamos.
Te dejábamos como novia lista para salir al encuentro de su enamorado.
Serias la calle más brillante y más bella de toda la tierra.
Tú banqueta, tú estarías tan feliz de verme con mi papá
Que ni cuenta te daría a qué horas te lavamos,
A qué horas te dejamos reluciente.
Lista para que yo orgullosa posara mis pasos sobre ti y así sonreírte.
Como poder decirte a ti perrita mugrosa, que tú, si papá estuviera…
Tú siempre serías mi fiel compañera…verías mi felicidad.
Bueno y a ti cielo, a ti te diré la verdad…
Te diré que estoy soñando.
Que está cortada me ha costado mucha sangre…
¡Creo que estoy delirando!

Solo estoy soñando con algo que por el momento no puede ser.
Como me duele no tener a mi padre que hasta tengo alucinaciones.
Estoy segura que nuestros corazones, el de papá y el mío.
Desde que nos separamos nunca, nunca han sentido calor…
Y siempre,
Estoy segura que siempre han sentido el frio de la ausencia.
Porque a mí me duele no tener su presencia
Y a él le duele no tenerme a mí.
Sé que no ha dejado de quererme
Como yo tampoco lo he dejado de querer.
Ya, ya cállense, sé que sigo desangrándome…
Que mi sangre corre por la calle.
Y que las fuerzas me están abandonando…
No se me queden mirando, mejor llamen a mama.
Llámenla que quiero decirle algo y quiero platicar con ella.
Cielo, cielo manda por favor tu una estrella para que me la traigan y la pueda ver.
Guardaré silencio mientras mi mama llega para estar conmigo.
Calle, banqueta, perrita linda y tu cielo,
Quiero que escuchen lo que voy a decirle a mamá
Quiero que sepan ustedes todo lo que a ella le digo.
Mientras ella llega guardaré mis energías para recobrar la fuerza perdida.
Porque quiero que mi vida no termine,
Quiero seguir hasta encontrar a mi papá.
¿Qué paso?, ¿Qué paso?…
¡Aaaahhhhhhh! Ya vi,
Ya la alcanzo a ver…ahí viene mi mamá.
Sé que me regañará porque no quiere verme con ustedes pues según ella están muy sucios.
Si supiera que la limpieza no está en la apariencia…
Pero bueno, ustedes solo escuchen lo que le diré y pongan atención.
Quiero que se guarden cada palabra y cada comentario,
Y que graven todo lo que tenga que decir.
Mamá, mamá aquí estoy.
Creí que no ibas a venir. Gracias por hacerlo.
Ya mamá por favor,
No hagas esa cara que nada malo tiene estar donde estoy.
¡Cálmate por favor!
Si, si me corte al caminar pero eso le pasa a todo mundo.
No sé porque no tenía que pasarme a mí.
No es nada mamá, es una simple cortada.

He perdido mucha sangre pero nada más.

¿Ya estás más tranquila?… ¿Ya te puedo hablar con más calma?

¡Qué bien!…Quiero decirte que me parte el alma una sola cosa.

Si, si sé que estoy desangrando de la cortada pero no es nada comparada a la herida que llevo en el alma mamá.

Mamá tú sabes bien que no encuentro calma ni sosiego

Y que ya no puedo con esto que me agolpa en el pecho.

Mamá tú sabes qué extraño en mi casa y en mi lecho a papá.

Tú sabes que ahora que él no esta no soy la misma…soy diferente.

Mamá mi alma siente más dolor en ella que el que tengo en la cortada que me hice.

Quiero decirte que lo extraño tanto,

Que sin él mi vida no es la misma.

Sin él mamá, nada es para mí como antes era…todo es diferente.

Estoy completamente sola aunque te tenga siempre a mi lado.

Mi corazón te ama a ti mamá, pero a papá…

A papá también siempre lo ha amado.

*Quiero pedirte en éste instante que no me niegues la alegría.

Que dejes hacer solo mía la dicha de encontrar a mi padre.

¿Sabes? Es verdad lo que muchas veces he sentido

Y hasta creo que tengo razón.

Muchas veces he pensado que no tienes sentimientos,

Que no tienes corazón.

Que sabes lo que me pasa y lo que estoy necesitando

Y sin embargo tu…

Tu mamá me sigues ignorando,

No quieres aceptar que necesito vida.

Crees que todo se me olvida cuando a mi padre lo tengo clavado en la mente.

Cuando él es la fuente de tanto amor pero por su ausencia mi mayor dolor.

Papá es para mí como la luz que alumbra la calle en la que estoy ahora.

Es el destello celestial que nunca termina

Y la fuente inagotable de amor que nace en mí.

No mamá, yo no le guardo rencor a mi padre porque él nunca me ha dicho que paso.

Sé que me abandono pero eso no es suficiente para que pueda dejarlo de amar.

Como lo voy a olvidar si él es mi padre y yo soy su hija…

La hija que lo extraña.

La hija que llora por su ausencia,

Que te implora su presencia y quiere estar con él.

¿Ves mi cortada mamá, ves que es muy profunda verdad?

También te das cuenta que hasta el hueso se me puede ver

Y sabes que me duele.

Si, si me duele mamá para que voy a negarlo,

Como he de ocultarlo si me hace llorar.

¿Pero sabes qué? ésta herida que tengo en el cuerpo no es nada,

Comparada a la que llevo en el alma

Y que me está quemando por dentro.

Como quisiera que supieras lo que siento cuando lloro por mi padre.

Ya no pongas esa cara mamá, que eso no sanará mi cortada.

Mejor dime, ¿Por qué no quieres que vea a mi padre?

No te quedes callada.

Me siento débil,

Muy débil pues ha sido mucha la sangre que ha corrido por mi herida.

Y me duele,

¡Aaayyyy! como me duele pero es un dolor soportable y pasajero.

Si, como puedes darte cuenta mamá me estoy desangrando…

Pero no donde tienes la mirada clavada, mira mis ojos…

Mira mi cara.

Estoy agonizando por dentro, desangrándome del alma…

Mi corazón sufre, no tiene calma y mi ser…

Mi ser quiere mejor morir.

Para que he de vivir si estoy lejos de mi padre.

Está cortada es lo más insignificante que me ha pasado…

¡No es realmente nada!

No mamá, no me levantes.

Déjame recostada donde estoy que aquí me siento muy bien.

Déjame seguir aquí por mucho más tiempo…

Perdóname que no te acompañe por ahora.

No iré a casa hasta más tarde.

Déjame seguir aquí postrada que estoy bien así.

Tú sabes que soy muy infeliz cuando estoy en casa

Y nunca veo a mi papá.

No me reganes mamá que eso es lo único que te sale muy bien…

Es lo que haces mejor.

¿Por qué mejor no me das tu amor y me llenas de alegría?

¿Por qué no haces mía la dicha que sabes que tanto necesito?

Déjame seguir aquí otro ratito que después me reuniré contigo.

No te preocupes por mí porque aunque me das tu abrigo…

Siempre tengo frío.

Levanta la cara y no te pongas triste mamá,

No llores por mi culpa.

Ya sabes lo que resulta cuando te pones así y yo,

Yo no lo soporto.
Mira mamá ya paré de sangrar, ya la sangre dejó de salir.
Ya ves que no he de morir por una simple cortada.
Anda, ve a casa y no te preocupes por mí que ya estoy mucho mejor.
Solo quise que supieras que necesito a mi papá,
Que necesito también su amor.
Ya ves, el ardor ya no está, ya se ha ido.
Ahora sigue herido mi corazón…
Pero a ésa herida si debes tenerle miedo mamá
Porque esa herida me puede hacer perder la vida
Y no creo que me quieras ver morir.
Mejor ayúdame a vivir…ayúdame a encontrar a mi papá.
No llores, no te pongas triste…porque yo quiero estar contigo siempre.
Anda, si anda y ve a casa mamá que en un ratito más yo te alcanzo.
Déjame disfrutar del remanso de paz que me da éste aire que acaricia mi cara.
No me digas nada y sigue tu camino…sigue caminando.
En un ratito te alcanzaré para volver a estar reunidas…
Ya no llores que no pasó nada.
¡Shhhhhhhhhhhh! ¡Shhhhhhh! Ustedes guarden silencio…
Quédense callados por un momento.
Ya se alejó mamá, al fin se ha ido y nos dejó solos.
Ahora les diré lo que pienso.
¡Eeeyyyyyyy! ¿Ustedes por qué están llorando?
¿Por qué tienes esas caras de tristeza?
Déjense de estarme mirando de ése modo y levanten la cabeza.
No, no quiero saber porque lloran lo que voy a decirles es que los quiero mucho.
Que ustedes me hacen sentir mucho mejor cuando me saben escuchar.
Sé que duele amar y que duele más no tener papá…
Pero bueno él…
Él pronto volverá a estar conmigo y entonces todos juntos;
Tu calle, tu banqueta, tu perrita y tu cielo junto conmigo
Juntos veremos todo el abrigo que mi papá me dará.
Creo que está empezando a llover y ya nos estamos mojando.
Aprovechare para darles un baño a todos antes de irme y así,
Dejarlos relucientes.
No se preocupen por mi cortada que no es nada,
Y aunque estoy débil por tanta sangre que me salió.
Tengo fuerzas suficientes para compensarles lo que hacen por mí.
Ya ven que lindos están quedando todos ustedes
Y aun así siguen con caras tristes.
No quiero saber porque están así,

Solo deseo que sepan que los quiero a todos.
Cielo, ahora me doy cuenta que lo que cae de ti no es lluvia…
Es el amor que me profesas y estas derramando el llanto por mi culpa.
Por favor ya no llores, no me gusta verte así llorando.
Mira que yo quiero seguirlos recordando cómo son;
La calle por sucia y maloliente…
Pero que es hermosa, no lo que se piensa.
A ti banqueta, quiero recordarte malhecha
Y con basura pero eso si llena de amor y de ternura.
A ti perrita mugrosa,
A ti quisiera llevarte conmigo para darte mi abrigo y tú me dieras el tuyo.
A ti cielo que te puedo decir…
Sabes que eres la luz que me falta, el amor que necesito.
A todos ustedes quiero decirles aquí quedito que me sigo desangrando…pero del alma.
¡Ssshhhhhh! No me digan nada porque sé que me saben entender.
Espero volverlos a ver el día de mañana porque hoy…
Hoy debo seguir con mi triste vida…mamá me espera en casa.
Si, si sé que estoy llorando y que no me puedo contener.
Pero comprendan que sufro por un querer…
El amor de mi padre.
Hasta la vista a todos y se cuidan que yo…
Que yo seguiré la incansable lucha por ver a mi papá…Adiós.

Una vez más he terminado de escribirte la súplica profunda, llena de esperanza y llena de amor, que es pedirte me ayudes a encontrar a papa o me digas donde encontrarlo. Te comento algo que me llenó de ternura mientras escribía ésta carta mamá… Mi amiga la sábila, vio que mi pie estaba con una cortada y que sangraba, y sin decirme nada, camino hacia mí, no me interrumpió en lo que te escribía y cuando menos lo pensé, corto su cuerpo y saco de sus entrañas parte de su corazón y me lo puso como cataplasma para que dejara de sangrar y que no se me infectara. Además veo que me está cerrando la herida más rápido con lo que mi amiga hizo. ¿Y ves ésta venda tan particular? Bueno pues son hojas que mi amigo el plátano vino a ponerme para que el corazón de la sábila no se cayera y pudiera ser más rápida mi sanación. ¿Ya ves todo lo que hacen por mí mis amigos? ¿Si alcanzas a darte cuenta que todos hacen algo por mí sin que se los pida? Solo por el simple hecho de que ellos si tienen amor sincero, puro y verdadero hacia y por mí. ¿Hasta cuándo es que tú comenzarás a actuar de la misma manera de ellos mamá? Espero que pronto cambies y te des cuenta cuantos errores estás cometiendo con tu actitud porque eso te está haciendo mucho daño a ti y me está matando a mí también y así nunca seremos realmente felices. Cambia por favor mamá. Bueno, sé que no me volverás a encontrar en mi cama otra vez pues como ya es costumbre estoy al pie de mi amigo el árbol y cuidada por todos mis amigos… Cuando llegues, por favor, no me quites nada de lo que me pusieron en la herida mis amigos y más bien agradéceles que ellos si se preocupan por mí. Puedes hablarles aunque ellos a ti no te respondan porque si te escuchan. Tómame en tus brazos, llévame con mucho cuidado a mi cama y dame un beso nuevamente para sentirlo y saber que eres tu quien me llevo a dormir. Te quiero mucho mamá y siempre te querré, aun a pesar de todo lo que me hagas.

Mamá te pido seas mi doctora y me sanes… ¡Besos y buenas noches!

Con mucho amor y un gran vacío:
Tu hija

Pd. Preferiría ver mi cuerpo herido y no mi corazón y mi alma. Porque hay heridas que sanan pronto pero hay otras que jamás lo hacen.

CARTA CATORCE

Sé Buena madre y mejor ser humano MAMÁ

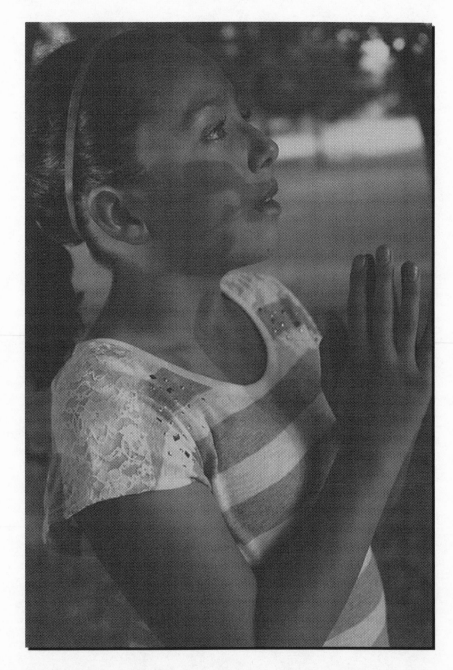

**"AL RECONOCER LOS ERRORES NOS HACEMOS MEJORES
Y CAMBIAMOS NUESTRO MUNDO... ¡SEAMOS HUMILDES!"**

Agustín Carranza :/II

❧❀

Ya es otoño y el viento sopla más fuerte, el calor de mi amigo sol es menos intenso, su luz es menos deslumbradora pues la tapan las nubes. Las hojas de los árboles, especialmente las de mi amigo, empiezan a caer para dejar al descubierto los hogares de mis amigas las aves y las ardillas. Las flores aunque lindas, se empiezan a ver menos rebosantes y con más frío. El pasto empieza a cambiar de color pero sigue siendo hermoso y único como alfombra mágica. Los conejitos y sus papás, salen menos tiempo porque todo está cambiando y deben sentir el calor de su cueva para no morir de frío. Los gatitos y los perros siguen siendo traviesos pero salen menos al jardín porque también sienten los cambios de la estación del año y eso los aleja de él. Mis vecinos los sigo viendo a través de los vidrios de sus ventanas de atrás de su casa, pero ahora los veo con vidrios empañados por el frio que hace afuera y el calor que hace dentro. El cielo parece menos alegre, aunque eso solo es una percepción mía, pues soy yo la que me siento triste, y más, en ésta época del año donde todos están más unidos y más juntos para sentir el calor familiar. Yo, como es mi costumbre salgo al jardín a jugar y aunque por el momento solo me están observando; el pasto, el árbol y las flores, saludo a todos y les digo que los quiero, que me hacen falta y que con ellos mi vida es más fácil y más llevadera. Las flores toman nuevos bríos y se ponen más hermosas al oír mis palabras. Mi amigo el árbol, aunque con pocas hojas ya, se mueve para invitarme a sentar en mi lugar favorito, junto a él. Luego hace ruido para que salgan todos a mi encuentro y estén acompañándome sin importar nada. La alfombra que piso, se vuelve a tornar verde solo para todos nosotros, y así, todo vuelve a ser como antes. El sol, cómplice mío, me guiñe el ojo y me lanza su luz para darnos calor a todos. El cielo se torna azul y las nubes bailan para alegrarme la tarde. ¡Todo luce perfecto! Empezamos a jugar y a platicar y me cuentan las ardillas que ya tienen buena reserve de comida almacenada para cuando haga más frío. Mis amigos los pajaritos me comentan que ya reforzaron sus hogares con nuevas ramas para que el frío sea impenetrable y puedan resistir ésta época. Los conejos han hecho nueva y más profunda cueva, así que ellos no sufrirán por nada. Todos, absolutamente todos están preparados para la época de frío que ya estamos viviendo. De pronto todos me ven a mí y yo simplemente me quedo callada. Ellos saben que el frío que mi cuerpo siente, no es por fuera… es por dentro. La ausencia de mi papá me congela el alma y la desconsideración de mamá hace que me entuma sin remedio. Me siento muy complacida y llena de bendiciones al tenerlos a todos de mi lado como amigos y ver que con amor se preocupan por mí. A Dios le doy gracias siempre por eso.

Me siento a los pies de mi amigo el árbol y eso sin quererlo me pone triste porque aunque sienta los brazos de mi amigo y la compañía de todos los que están aquí conmigo… sigue haciéndome falta no solo mi papá, sino también mi mamá. Quiero que pronto mamá haga más por mí para que se dé cuenta que también necesito vivir. Las lágrimas me empiezan a salir de los ojos otra vez y a rodar por mis mejillas para caer en la alfombra donde estoy sentada. Mis amiguitos no saben qué hacer. Me llenan de mimos, hacen piruetas en el aire para alejar de mí el dolor, hacen de todo por mucho rato, pero nada funciona, yo sigo llorando y extrañando a mi papá, quiero saber dónde está él y por qué mi mamá es tan inhumana y no me lo dice. Quiero que así como los papás de mis amiguitos son buenos con ellos, así fueras tu mamá conmigo, por eso te pido por favor que Seas más Buena Madre y Mejor Ser Humano… no dejes que sufra toda mi vida por tu culpa, ni hagas que vea la vida con dolor. Aquí sentada donde estoy, mis amigos me rodean y respetan mi silencio mientras te comienzo a escribir una carta más, pero ésta vez es con coraje porque así me siento, enojada contigo, con la vida y con lo poco que me das de amor. Así que ya comienza a amarme y te pido humildemente **"Sé Buena Madre y Mejor Ser Humano Mamá"**, por favor.

SÉ BUENA MADRE Y MEJOR SER HUMANO MAMÁ

Hoy estoy llorando, estoy gritando que me siento sola.
Que nada hay que me pueda consolar…
Que nada hay que me pueda dar el amor que me hace falta.
Que las ganas de sonreír se están acabando.
Que me están matando poco a poco mis penas.
Que quiero hacer ajenas todas mis desgracias… ¡Pero no puedo!
Ahorita lo único que yo quiero es seguir llorando…
Es seguir desahogando tanto dolor que llevo dentro.
Quiero desgarrar mi alma porque ya no puedo con mi soledad.
Porque para ser honesta…necesito saber toda la verdad.
Necesito saber dónde está mi papá.
¿Por qué es que me lo estás ocultando mamá?
¿Por qué no tienes el valor de decirme como encontrarlo?
¿Por qué no querer mirarlo, cuando él es quien me dio la vida?
¿Por qué dejas que mi alma este perdida?
Mientras tú solo te haces la despistada.
Empiezo a creer que no te importa nada de lo que a mí me pasa.
¿No crees que siempre que llego a mi casa,
Tengo la necesidad de mi padre?
Tengo las ganas de oír su voz.
De reír con él… de decirle que lo amo.
¿No crees mamá, qué es una injusticia de tú parte,
El ser egoísta conmigo?
Que mientras yo vivo en la incertidumbre, tú te escudas en tu dolor.
Que mientras yo sufro la ausencia de papá,
Nunca me demuestras tu amor.
Y acabas siempre por hacerme llorar,
Por decirme que no te importa nada de él.
Que lo que debo hacer es olvidarlo como según tú, ya lo has hecho.
Pero no mamá, no puedo olvidarlo porque él es mi padre.
Él es el hombre que me dio la vida,
Quien tú hiciste que me dejara de ver.
Ése hombre que por mi querer y por mi amor,
También ha de estar sufriendo.
Ha de estar muriendo de la misma soledad que muero yo.
Él también, estoy segura, quiere saber de mí…
Y ni tú ni nadie le quieren decir donde estoy.
Eso mamá, eso es el máximo egoísmo hecho realidad en un ser humano.
Se supone que tú me amas, que soy tu vida…

Que soy lo mejor que te ha pasado.

Que siempre quieres verme feliz

Y que no quieres verme nunca sufrir o llorar.

Que siempre me haz de amar por sobre todas las cosas.

Que nada podrá detenerte para verme sonriente,

Para verme alegre como tú quieres.

Lo único que siempre se te olvida,

Es que sabes que mi alma va entristecida…

Por un dolor y una ausencia muy grande…

¡El no saber dónde está papá!

Te haces la indiferente ante mi dolor,

Y siempre quieres suplirlo con palabras que no me llenan.

Con palabras que me son ajenas a la alegría y a la dicha de poder estar con mi padre.

Quiero ser tu orgullo mamá, quiero ser lo mejor de tu vida…

¡Pero no sé cómo hacerlo!

No tengo las herramientas para poder alcanzar tu verdadero amor.

Porque veo que es más grande tu coraje, tu odio y tu rencor…

Que todo el amor que puedas tenerme a mí que soy tu hija.

La hija que es sangre de tu sangre, vida de tu vida…

Y alma de tu alma.

¿Cómo se puede encontrar la calma si solo se vive en el odio?

Si no se piensa en otra cosa que solo el deseo de venganza.

Y es que a ti mamá,

A ti no te alcanza toda una vida para hacer solo daño.

Solo piensas en querer destruirle la vida a mi papá negándole que me vea.

Negándole que sepa dónde puedo yo encontrarme.

Mamá…

Mamá para amarme no hace falta que me lo demuestres de esa forma.

Prefiero que me digas donde esta papá y que aunque tu mamá,

Tú no puedas verlo…

Dejes que me acerque a él para poder así, yo ser más feliz.

Te amo, te amo mamá y eso siempre tú lo has sabido.

Nunca te he mentido en mis sentimientos de amor hacia ti.

Pero tampoco te he mentido en los deseos de volver a reencontrarme con mi padre.

Para mí es muy importante hablar con él, para saber si me ama…si aún sigue pensando en mí.

Necesito hacerle saber que soy su hija y que nunca lo he olvidado.

Que más bien al contrario, siempre lo he amado y lo seguiré amando.

Que entre más sola estoy,
Más lo estoy llamando para que este conmigo.
Para que me dé su abrigo y su calor de padre.
Para que me hable de cómo ha sido su vida sin mí
Y por qué no mamá,
Para que me digas como ha sido su vida sin ti también.
Porque él es tan importante en mi vida como lo eres tu…
Por eso me interesa saber qué es lo que le ha pasado.
Qué es lo que ha hecho todo éste tiempo que no ha estado conmigo.
Quiero saber si ha vivido el mismo tormento
Y el mismo dolor que yo.
Necesito escuchar de sus labios si me ama o solo me recuerda.
No mamá, no mamá…
No quiero que muera éste sentimiento que tengo por él.
¿Por qué es que quieres que yo lo entierre, que lo deje en el olvido?
¿Por qué me dices que no lo recuerde?
Y si quieres que borre lo que con él he vivido
¿No crees mamá, que es egoísmo
Y falta de amor de tu parte hacia mí?
Mamá, todo lo que con mi papá viví lo tengo muy presente.
Mi corazón se siente destrozado solo al pensar en él.
Al saber que estoy sola… que mi padre no sé dónde está.
Mamá, mamá debes ser más buena madre y mejor ser humano.
Debes permitirle a tu hija que sepa donde esta quien le dio la vida.
Que le vuelvas la luz perdida…que le alumbres su camino.
Que me digas como hacerle para encontrar a mi papá.
Ayúdame mamá, ayúdame a mejorar mi destino.
Guía mis pasos por el mismo sendero donde mi papá camina.
Provoca que mi tristeza se transforme solo en alegría.
Haz que la luz del nuevo día, para mí, sea muy diferente.
Date cuenta que mi amor también siente la necesidad de amar a mi padre.
Que también quiero estar con él.
Que no me importa quién fue el culpable de éste rompimiento.
Porque yo lo único que quiero, que deseo, lo único que siento es amor por los dos.
Es más grande mi amor que los reproches que yo les pueda hacer.
Estoy muy pequeña, lo sé,
Pero también sé que mi querer es de mis padres…

Y mis padres son tú y él mamá, así que dime como encontrarlo.
Déjame poder mirarlo y sonreír con él como antes lo hacía.

Como cuando era una niña más tierna y más feliz.

Como cuando me cargaba en sus brazos y me colmaba de cariños.

Cuando me hacía muchos mimos y me complacía en mis caprichos.

Mamá, mamá los hijos también tenemos derecho de estar con su papá...

¿Por qué me lo estás negando tú a mí?

No tienes derecho a hacer de mí, una persona llena de rencor y de malos deseos hacia quien me dio la vida,

Y a quien en los pocos años conmigo, me demostró su gran amor.

Mamá, ¿Mamá por qué le aumentas a papa el mismo dolor que me haces sentir a mí?

¿Por qué nos haces sufrir, alejándonos las vidas?

Tú no eres Dios para poder hacer eso, es más,

Ningún derecho tienes para actuar así.

Como te puedo decir, ¡Necesito a mi padre y lo amo!

Si mamá, sí...

Lo único que quiero de ti ahora es que seas buena madre...

Pero también que seas mejor ser humano.

Que ya no me hagas más daño y tampoco a mi papá.

Que hagas a un lado tus malos sentimientos y permitas reencontrarnos.

Que entiendas que el amor entre un padre y un hijo es tan grande...

Que nada hay que pueda destruirlo y aunque tu trates de hacerlo.

Acabaremos por estar uno al lado del otro.

Y en ése momento mi padre se volverá loco de la alegría por verme otra vez.

Y yo estaré loca de contenta porque finalmente veré que mi papá

No solo es mi papá...es el ser que me da la dicha,

El gozo y la felicidad que me hace falta.

Quiero recuperar el tiempo perdido y estar con él mamá.

Quiero que tú me veas realmente feliz...

Pero ya deja de decirme malas cosas de él.

¿Por qué mejor no me das la oportunidad de poder conocerlo y así...

Así yo misma hacerme una opinión de él?

Muchas veces he creído en lo que me dices y en las cosas que me cuentas.

Y eso me ha hecho desconfiar y no querer verlo pero mi corazón lo necesita.

Mi alma en el fondo no creé todo lo que tú le dices y se niega...

Si mamá, se niega a aceptarlo como tú quieres que yo lo acepte.

Al final de cuentas él es mi padre

Y soy yo quien debo conocerlo para saber quién es conmigo.

Saber por qué me quitó su abrigo, cuando yo más lo necesitaba.

¿Por qué cuando quería preguntarle algo,

Él nunca estaba ahí para escucharme?

¿Por qué cuando yo lo quería mirar, él nunca podía mirarme?

Y ¿Por qué? cuando más lo amo,
Él no me decía ¿Si me ha seguido amando?
Soy yo mamá…
Soy yo la que necesita conocerlo para poder saber quién es.
Así que no quiero, que me sigas diciendo más cosas malas sobre él.
¿Por qué mejor no me dices como te portaste tú con él?
¿Cómo fue que dejaste de amarlo, y por qué no luchaste con él y por él?
¿Por qué nunca me mencionas dé como él te trataba, y dé como era contigo?
Hay muchas cosas que no me quieres decir, por eso ahora solo te pido…
Sólo quiero pedirte en ésta carta mamá…
Que seas buena madre y mejor ser humano.
Sabes que te amo y que eres mi todo.
Así que no tomes a mal mis palabras y comprende a éste corazón que sufre.
A ésta pequeña que quiere encontrar a su papá y que aunque ahora no sabe dónde está…
Pronto lo verá, porque así Dios lo ha dispuesto.
Y porque nada podrá detenerme para estar con él.
Bien mamá, creo que ahora me retiro y te recuerdo que te amo…
Pero también amo a mi papá…
Mamá…
Mamá quiero que me ames y me lo demuestres pero con hecho no con palabras,
Porque aunque siempre me hablas de amor…no lo siento sincero.
Porque ahora que puedo, quiero decirte que te amo…
Pero que seas buena madre…
Pero seas mejor ser humano.
Me voy en éste momento y aún siento las mismas ganas que al principio de llorar,
De gritar y de desangrar mi corazón…pero con una diferencia,
He desahogado un poco en mi carta, parte de lo que me pasa.
Así que ya lo sabes mamá…te amo…te amo…
Pero se buena madre y se mejor ser humano.

Pd. El verdadero amor del ser humano, está dentro del corazón, y no en las palabras falsas que pueden sonar verdaderas… ¡No hagamos más daño! Amemos sinceramente.

                                        ¡Por siempre te ama tu hija!

Hace rato ya, que terminé ésta carta y aún sigo sumida en pensamientos, y mis sentimientos están a flor de piel. Sé que ya es tarde y que debo descansar pero no me di cuenta, ni supe a qué horas me comenzó a iluminar mi amiga luna y no vi, a qué hora me dio el beso de despedida mi amigo el sol. Todos mis amiguitos están aún a mi lado, siempre fieles al amor que sienten por mí, y con sus caricias en mis piernas, en mi cabeza y en mis manos, me hacen reaccionar para que me dé cuenta, debo despertar del sueño despierta en que me encuentro. No sé cómo paso, pero me gustaron tanto sus caricias que poco a poco me fui acurrucando más y más, hasta quedar tendida en la alfombra maravillosa que siempre me permite estar sentada sobre ella. Son pocas las ramas cubiertas por hojas en mi amigo el árbol, pero pareciera que ha florecido el día de hoy, porque siento como me cobijan con esmero para que no pase frío. Las ardillitas y los conejos me traen la almohada y me quitan los zapatos para estar más cómoda. Después oigo que del nido bajan mis amigos los pajaritos, y comienzan a cantarme en el oído, para que mis sueños sean felices y al menos en ellos ya no llore. No sé si me iré a dormir allá adentro mamá, pero si ves mi cama vacía, te pido nuevamente que no te asustes, ya sabes que estoy acá en el jardín mágico que Dios hizo para mí, para compensar mi soledad, mi tristeza, mi dolor y mi desamor por parte tuya. Si me ves que estoy sonriendo y con una paz y tranquilidad en mi cara, es porque estoy pensando que estamos los tres juntos, tú, papá y yo. Así que por favor, déjame seguir soñando y no me lleves a la cama que no quiero que ése sueño termine nunca. Si deseas, puedes acompañarme a dormir, aquí a un lado mío, para sentirte al menos dormida. Bueno mamá, ya estoy casi dormida, así que te deseo muy buenas noches, y a ustedes amigos, gracias por todo y nunca olviden que los amo… ¡¡Aaahhhh!! Ya es tarde así que besos a todos, vayan a dormir que yo aquí estaré bien.

Me voy a descansar mamá.

¡Besito y hasta la próxima!

¡Te amo!

Pd. ¡¡¡Aaahhhhhhh!!! Olvidaba decirte algo mamá: Me encantaría que un día vivieras en mi vida y que la vida, fuera vida.

CARTA QUINCE

Siempre te he escrito cartas de reproche mamá, pero ésta vez… ¡Ésta es muy diferente!

**"Dejemos que nuestro ser evolucione
y que la luz nos ilumine"**
Agustín Carranza :/II

Hoy es un día muy especial, muy claro, y muy lleno de todo tipo de alegrías, de gozo, de paz, de dicha, de armonía, de aprendizaje y de amor. Estoy rodeada de todos mis amigos aquí en el jardín y estoy fascinada por todo lo que me están contando. Papá ardilla me cuenta, que ya comenzó a almacenar sus bellotas, para que en la temporada de frio, no tenga que batallar, ni que sufrir de hambre toda su familia y él. Mi amigo el árbol, aunque se le est5n cayendo las hojas y se está quedando con las puras ramas, me dice que eso le ayuda a él porque es para renovarse, para llenarse de vida y así, el próximo año tener más fuerza, y más amor para darnos a los que lo necesitemos. Mamá conejo me cuenta que ya son más de 15 hijos los que tiene y que cada vez que los ve, ve su vida reflejada en ellos y es por eso que siempre los aconseja, los cuida, los guía y les enseña las cosas, que no solo les servirán a ellos en la vida, sino las cosas que ayudarán a los demás a ver más allá de lo que ven. Ansioso de ser escuchado por mí, el perrito precioso de ojos color de cielo, me cuenta que ya se hizo amigo de todos y que ya le enseñaron a cultivar la amistad, el respeto, el apoyo, el cariño, la admiración, y sobre todo, el valor de lo que es el amor. Dice que ahora que conoce todo lo que ya le enseñaron, su vida es más fácil, más segura, más alegre, más ligera, más llena de satisfacciones y más placentera. Veo que les agradece a todos y que les dice en forma perruna, que los ama y que los extraña mucho, y que en él, siempre tendrán un buen amigo. ¡Miaaauuuu! ¡Miaaauuuu! oigo que maúllan mis amigos los gatitos pues ellos también tienen cosas que contarnos a todos, nos platican que aunque ellos, junto con los perritos, son de los pocos que entran en mi casa, se sienten amados, bendecidos, y adorados de la vida que tienen porque en ella han aprendido, que no importan las barreras habidas entre los distintos seres, el amor es uno solo y ése amor es para todos. Dicen gustosos que la armonía que reina en mi jardín, es gracias al amor, y eso demuestra que cuando hay amor, lo tendremos todo. Todos estamos formando un círculo para que podamos compartir las experiencias y las cosas que tengamos por compartir, así que continuamos por largo rato haciéndolo. Luego, con suave aterrizaje y con un aleteo nunca antes visto, llega desde lo alto de mi amigo el árbol, la familia completa de pajaritos. Empiezan a posarse, papá y mama, sobre cada uno de mis hombres, y todos los demás al centro del círculo para que los vean y sepan porque están ahí ahora. Todos muy atentos, les prestamos atención y ellos comienzan a decirnos; debemos saber ser agradecidos con el infinito, y nosotros lo somos, porque a pesar de no ser seres humanos, siempre tenemos que comer y donde vivir, y la vida nos sonríe con felicidad en todo.

Nosotros volamos para mostrarle al mundo que el infinito es perfecto y que lo imperfecto, está en los seres que lo habitamos. El sol desde lo alto nos sonríe, y nos cuenta que él está para darnos con su luz, la luz que necesitamos y la vida que hay en el planeta. El viento sopla para cantarnos su alegría de estar con todos aquí y nos dice que él está para llenarnos con su aire, los pulmones de vitalidad, y los campos de flores. Éste día es muy único y nunca lo olvidaré, porque rodeada así como me encuentro de todos mis amigos, aprendo, sonrío y son feliz a su lado. Luego todos volteamos al mismo tiempo, sin esperarlo, y nos percatamos que como siempre, desde el otro lado de la ventana están nuestros vecinos observándonos y sonriendo como lo han hecho todo este tiempo. Levantan sus manos saludándonos y nosotros hacemos lo mismo enviándoles amor, pues ellos con su presencia, siempre nos hacen sentir seguros, cuidados, consentidos y amados. Ya todos dijeron lo que tenían que decir y ahora todos voltean a verme, y ansiosos me piden que les cuente, les diga y les platique que está pasando conmigo. Y es aquí donde feliz, yo les comencé a contar la experiencia que tuve hoy mama. Todos guardaron silencio, se pusieron cómodos, me prestaron atención y me miraron con ese amor que siempre me miran. Yo comencé por confesarles que **"Siempre Te He Escrito Cartas Llenas De Reproche Mamá, Pero Ésta Vez... ¡Ésta Es Muy Diferente!"**... Así que ellos escucharon y saben lo que te escribí porque te la escribí mientras se los contaba:

SIEMPRE TE HE ESCRITO CARTAS DE REPROCHE MAMÁ, PERO ÉSTA VEZ... ¡ÉSTA ES MUY DIFERENTE!

Ya no sé ni cuanto hace que no te escribo,
Pero ahora vivo un momento de gratitud que quiero compartir contigo mamá.
Te comento, que contento esta mi corazón, porque hay razón para estarlo.
Hoy que salí de mi escuela, en una enredadera cerca del parque
Me encontré con una paloma
Porque el aroma exquisito del ambiente me llevó a ella.
Sé que hace frío y el sol en ésta época del año casi no calienta
Pero aun así, a mí me abriga con sus benditos rayos de luz.
Me acerqué a ella muy cuidadosa, pues no la quería espantar.
Su vestimenta la hubieras visto mamá, ¡Que vestidura tan Hermosa!
Pero más grande era todo el sentimiento que ella podía reflejar.
Voltea a todos lados para saber si alguien me estaba viendo
Pero lo que vi después de verla a ella, fue mucho más,
Por eso te estoy escribiendo.
El perfume seguía emanando
Y aún no puedo alcanzar a comprender de donde salía.
El día estaba soleado, y a mi lado no había nadie.
Solo la preciosa paloma con plumaje más blanco que la nieve.
Yo, embelesada con su belleza, movía mi cabeza para ver si no era un sueño.
Te lo juro mamá, te lo juro que no lo era.
Porque era la primera vez que la veía
Y ya no quería que se alejara de mi vida nunca más.
Sé que quizás estas boquiabierta por lo que te escribo
Y por lo que estás leyendo
Pero no te estoy mintiendo, por eso feliz te lo comparto.
Cuando volteé a ver la paloma, y me embriague con el aroma del ambiente
No sé si fue producto de mi mente o si en realidad ahí estaba.
Me vi en un valle lleno de flores, de todos colores y de todos los tamaños.
El cielo que antes no mostraba su belleza, ésta vez lo hacía como nunca.
El sol que no calentaba... me quemaba tan suave,
Que más que calor, eran caricias.
El viento soplaba tan contento...
Que me hacía feliz verlo jugar con mi pelo.
En el suelo, todo tipo de animales, pero todos hermanados por el amor.
Bajo las nubes, muchas aves cantando...
Formando la mejor orquesta.
Y la paloma mamá,

La paloma era el centro de todo esto que estaba viviendo.

Estoy segura que me estaba viendo, por eso me llevó con ella.

Por transporte me puso una estrella y por escolta tres palomas blancas.

En mi camino las escuché que hablaban y que entre ellas decían;

Que lo que querían,

Era que la humanidad fuera más consciente y menos egoísta,

Porque ante la vista de Dios todos somos o no somos.

Que aprendiéramos a perdonar, porque para amar de verdad...

Se necesita hacerlo.

Y que al quererlo,

También debemos cambiar nuestra actitud ante la naturaleza

Porque para la pureza de un buen espíritu, se necesita respirar sano.

Y el daño que estamos causando al planeta, es más que irreversible.

Que es posible que cambiemos todo, si nos empezamos a amar.

Podremos recuperar todo lo que ya hemos dañado

Y todo lo que ya estamos perdiendo

Pero primero debemos comenzar sintiendo compasión, perdón y amor

Porque el calor de esto es tan fuerte que nada lo detiene

Pero si nos mantiene a los seres vivos con vida.

No sé ni cómo fue la salida, ni cuanto duró el viaje

Pero si sé que termino mi recorrido porque ahí estaba,

Frente a la paloma de la enredadera.

En ése valle mágico que ya te describí y donde yo fui tan feliz por estar ahí.

Muy serena y muy paciente, de repente se dirigió a mí.

Yo flotaba en medio de las nubes, encontrándome frente a ella.

Comenzó por preguntarme como me llamaba...

Me miraba con tal amor mamá, como nunca jamás lo había sentido.

Espero a que yo le respondiera y le dijera mi nombre.

María Del Rosario, ése es mi nombre.

Soy una niña de apenas nueve años y estoy feliz de estar contigo.

No sé cómo llegue aquí, ni porque me trajeron las tres palomas.

Pero quiero agradecerte por la alegría que me das al ver todo lo que veo.

No sé qué más decirte, solo sé que vivo mucho amor aquí en éste momento.

Mi corazón esta tan contento que me gustaría lo pudieras ver...

Lo puedo ver, lo puedo sentir y sé lo que hay en él.

También vi que ayer llorabas, y que te encontrabas muy sola.

Que tu ser añora encontrar el amor de su padre.

Sé todo de ti y sé todo de tu papa.

Si él no está contigo, no es porque no quiera que sea así

Sino porque los dos tienen que aprender cosas que no conocen

Y cosas que los harán ser mejor seres humanos.

Hay muchos hermanos que lo son y lo niegan

Hay muchas madres que son madres y no lo quieren ser

Otros muchos que son padres y se olvidan que lo son.

Y hay muchos hijos que siéndolo, se creen ser padres.

Sus palabras me dejaron muy pensativa mamá porque no entendía lo que me estaba diciendo…

¿Cómo es que sabes tanto de mí y por qué es que yo estoy aquí?

Decirte porque se tanto de ti, es muy simple…

Se de ti, porque desde que tu naciste te he estado acompañado a donde quiera que vas.

Nunca estas sola aunque así lo creas tú.

Mi virtud es que no me veas, pero que si me sientas y que si me vivas.

Cada vez que respiras, ahí estoy.

Y cada vez que lloras, estoy para confortarte

Yo puedo mirarte aunque tú no me veas.

Cuando te caes, yo te levanto y te doy fuerzas para seguir.

Y cuando estas impaciente, yo calmo lo que te está molestando.

En fin… yo estoy contigo desde ayer, desde hoy y hasta mañana

Y así será por siempre.

Se me quedó mirando fijamente mamá, con una serenidad y con una paciencia que no había visto en nadie,

Haciéndome sentir en confianza y en completa armonía.

Luego me sonrió y con ésa sonrisa le regaló a mi corazón la alegría que le hacía falta.

Era tanta la luz que ahí había…

Que yo no quería que terminara jamás ésa visita.

Estaba tan metida en mis pensamientos, que no escuchaba nada,

Sólo veía a todos reír, jugar, compartir, gritar y ser felices…

Veía que ahí todo era solo amor.

Volví mi mirada hacia la paloma,

Porque el aroma que recibía ahora era más grande y más seductora.

Con los brazos abiertos y con una sonrisa inigualable,

Paciente me volvió a hablar…

Posó sus alas sobre mis hombros y con una mirada infinitamente amorosa

Depositó una rosa en mis manos,

Y comenzó a decirme porque era que yo estaba ahí…

Te he traído aquí, porque en el olvido crees estar

Pero no es así, porque ya vi que los seres que mande a cuidarte lo hacen muy bien.

Más ahora quiero que sepas, que no debes renegar más de lo que te pasa

Porque aunque en casa siempre crees estar sola…

Siempre hay seres contigo que cuidan cada paso que das,
y te protegen cuando sales
Si recuerdas, las calles y las banquetas también están para cuidarte.
Los perros, los gatos, los pájaros, las ardillas, los conejos,
las flores, el árbol
Todos ellos y muchos más con los que has convivido todo éste tiempo
Están para cuidarte, para guiarte,
y para llenarte del amor que crees no tener.
Los vecinos que siempre ves a través de las ventanas…
ponles atención y te sorprenderás.
Verás que jamás haz estado sola.
Solo que tu corazón así lo siente porque necesitas a tu papá.
Él está en tu corazón y tú siempre has estado en el de él.
Ayer lo vi cómo te escribía una carta que aún no has leído.
Él se siente herido también por no tenerte…
Pero te aseguro que pronto podrá verte cómo quieres que te vea.
Él ha sufrido por tu ausencia,
pero en la presencia de Dios siempre ha llorado.
Se ha imaginado la vida contigo
y hasta a veces se creé un mendigo
Mendingando el amor que no siente tampoco él.
La hiel que los dos están comiendo, será su manjar en el futuro.
Porque sé que pronto todo va a ser diferente.
Y hablando de tu mamá,
también ella se siente muy mal aunque no te lo diga.
Ella es buena, pero se siente ajena al amor…
porque no creé ser merecedora de esto.
Por eso te pido, que no seas tan dura con ella
y la comprendas un poco más.
Sé que estas dolida por la ausencia de tu papá
Pero él está bien, y aunque te extraña pronto estarán juntos los dos.
Agradécele a tu mamá todo lo que ella hace por ti
Y todo lo que ha pasado, para hacer de ti la niña que ahora eres.
Tú la quieres y ella también te ama…
Así que hoy que estés en tu cama…
No olvides pedirle perdón por las cosas que le has dicho
Y que no se merece.
No podemos juzgar a nuestros padres,
pero si podemos comprenderlos.
No podemos ser irrespetuosos con ellos,
cuando ellos nos han dado la vida

Ni podemos maldecirlos,
porque nos maldecimos a nosotros mismos.
Ama a tu mamá, ama a tu papa, ama a todos los que te aman
y aún más a los que no lo hacen.
Y por favor, sigue la senda del amor que ella te llevará muy lejos.

Mis ojos perplejos y mi mente confundida,
Porque de repente todo se esfumó mamá…
Volví a verme ahí, frente al parque que está cerca de mi escuela y con la enredadera junto a mí.
Busqué afanosa a la paloma que antes ahí estaba
Y que me encantaba con su presencia
Alcé la mirada para buscar la estrella en la que navegué
Y surqué los cielos… ¡pero nada!
Los destellos del sol eran como antes, constantes pero sin mucho calor.
Todo era como hace rato cuando salí de la escuela…
Y hasta creí que estaba sonando
Que todo lo que había vivido, visto y oído era producido por mi imaginación.
De repente mamá…
De repente me vi la mano y mi corazón empezó a latir apresurado.
Mis ojos se abrieron de tal forma,
Que hasta el viento me sopló para que reaccionara
No lo podía creer mamá… yo creí que lo había soñado
Y ¡Mira que cosa tan Hermosa!
En mi mano estaba la rosa que la paloma depositó éste día.
Llena de alegría, sonreí, agradecí y lloré jubilosa
Porque no había visto una rosa tan singular y tan única,
Y menos en mis manos.
Ahora sé que todo fue real.
Que todo pasó porque tenía que pasar.
Aquí estoy feliz compartiendo contigo esto que viví mamá
Y quiero que me perdones si en mis cartas anteriores solo leías reproches, insultos y groserías
Te amo, siempre lo he sabido pero ahora con lo vivido te amo mucho más.
Sé que estás leyendo mi carta muy atenta
Y que estas contenta por lo que en ella te explico.
En un ratito me iré a acostar pero no sin antes decirte mamá…
Que hoy viví muchas cosas llenas de amor.
Y te pido que vivamos en amor… para que las dos podamos amar.
Ahora si mamá, ya me despido feliz y contenta
Toma en cuenta mi arrepentimiento y mis palabras que aquí lees.

Y mañana cuando estés en tu trabajo,
Recuerda que tu hija te ama y te necesita.
Que ya no está solita, porque Dios está conmigo,
Está contigo y está con papá.
Buena noche mamá… ¡Aaaahhhh!
Y la rosa que está sobre la carta, es tuya y es de papá.
Se las regalo a los dos, para que los dos sepan que los amo.
Muchos besitos, y por favor no te pongas triste, ni llores
Porque hoy es día de alegría, y de ver al amor como el amor es.
Te dejo mis bendiciones y bendigo también a papá.
Los amo a los dos…
Perdóname por todo lo malo que he sido contigo mamá.
Y buenas noches nuevamente… Hasta mañana.

Finalmente terminé de contarles lo que me había pasado y de escribirte ésta carta mamá. Ellos agradecieron lo que les confíe y me dijeron que contará con su apoyo incondicional y con el amor que me tienen. Ahora que ya estoy más tranquila, te pido una vez más mamá, que perdones todas las actitudes que he tenido contigo y que valores el amor que siento por ti, porque por ése amor podremos llegar a ser felices siempre. Seguimos jugando después de platicar y ya cansada, me senté como siempre lo hago. Luego me recosté sobre la alfombra que nunca deja de estar verde y limpia para todos nosotros, me volvió a acurrucar mi amigo el árbol y desde el cielo, el sol, la luna y las estrellas, se hicieron cómplices para llenarme de calor y darme la luz que tanto me hace falta. A los vecinos los veo de reojo, y sonrientes como siempre se despiden de mí, deseándome buenas noches desde la distancia y con eso me siento protegida y amada. Las flores empiezan a esparcir sus perfumes para que yo duerma plácida y contenta. Si me buscas en casa y no me hayas allá adentro, ven al jardín mamá que aquí estoy como siempre… te dejó un beso, un abrazo y mi amor que es lo más valioso que tengo. Tómame en tus brazos, llévame a la cama y dame el amor que necesito de ti.

Hasta mañana nuevamente y felices sueños a todos. Gracias por ser mi madre y gracias por los amigos que tengo.

Tu hija que por siempre te amara.

Pd. La vida nos enseña que vivir, no es existir, y que existir, muchas veces es estar muerto en vida… Por tanto yo quiero vivir, por eso te pido perdón por todo lo que te he dicho, porque al fin empiezo a ver la luz que mi amigo sol quiere que vea.

CARTA DIECISÉIS

YA NO ME HAGAS MÁS SUFRIR, AYÚDAME A VIVIR... ¡DAME LA VIDA!

"QUE LAS TEMPESTADES SIRVAN PARA VIVIR, Y QUE LA VIDA, DÉ VIDA A TODOS"

Agustín Carranza :/II

Hoy el día tiene un sol que luce con tristeza, está lleno de calor, pero es un calor que se siente frío, que se vive poco y que calienta nada porque el aire es más helado que los mismos rayos que recibo del astro rey. El viento sopla suave, muy suave, pero ésta vez sí lo hace en forma constante y con una necesidad imperante de andar arropada porque sí que se siente y penetra hasta los huesos. Hoy no canta, hoy no silva, hoy no habla, hoy solo es aire y solo se desliza lenta, muy lentamente por el ambiente llenándonos a todos de esa intensa sensación de abrigo. El cielo está completamente despejado, las nubes que hay en él, son apenas bosquejos de ellas mismas, y parecen colocadas a mano sobre el manto azul, pues quien las vea, creería que no se mueven. El infinito luce más cerca pero al mismo tiempo lleno de una pesada carga de emociones que no alcanzo a entender. Volteo nuevamente al cielo y contemplo lo magnífico de su color azul y eso me trae paz, me da sosiego, me llena de gozo, me hace sentir tranquilidad pero instintivamente me hace caer y sentir un vacío enorme que no alcanzo a llenar porque no sé cómo hacerlo. La mirada se me pierde en todo y en nada porque en la nada es donde quiero ver el todo, y el todo me quiere enseñar la nada. Me sorprende ver tanto y tan poco al mismo tiempo porque aquí donde me encuentro, pareciera que estoy sola, pero siento que no es así. Hay algo más que solo percibo, pero que vivo desde adentro. Los árboles que estoy contemplando cuidadosa, se mueven al ritmo suave del viento y armoniosamente forman un baile que pareciera un vals de tristeza. Sus gestos y sus caras, son inertes, no tienen sentir el día de hoy, porque hoy son solo árboles, porque así como el viento es solo viento, el sol es solo sol, el cielo es solo cielo y, las nubes son solo nubes… hoy todo pareciera no ser lo que yo veo en ellos. Luego volteo al piso y le pongo atención a todas las flores que hay en él y la sensación es la misma, no tienen nada para mí tampoco ellas y eso me hace recordar, que éste es un valle que en otro día, era lleno de vida, de alegría, de sonrisas, de cantos, de gritos, de risas, de amistad, de amor, de esperanza, de fe y de júbilo. Hoy sin embargo, es solo un valle lleno de árboles, de flores, de pasto, de animales, de aves en el cielo, de un cielo con nubes, de un sol que solo alumbra y de un viento que solo es viento. Hoy todo es muy distinto. Trato de llamar a los animales para saber si ellos si tienen vida el día de hoy y si soy yo quien está viendo todo como realmente es, o simplemente estoy imaginando cosas. Nadie me escucha, nadie me atiende, nadie hace caso de lo que digo… todos se confabularon para no atenderme el día de hoy. Vuelvo a levantar la mirada al infinito y opto por sentarme en medio de este valle lleno de maravillas naturales pero sin vida aunque haya movimientos y respiros por parte de todos.

Por primera vez en la vida me siento insignificante, me siento pequeña, me siento nada dentro de un todo más grande que todo. Aquí sentada donde estoy, mi mente comienza a volar más allá de las fronteras permitidas por el ser humano y más insignificante me siento entre más vuelo, porque veo que muchas veces me creía grande y no es así... nada tiene que ver la grandeza que yo creo con la que me enseña el infinito mientras vuelo en él. No estoy presente, sin embargo, estoy volando a lugares que no pensé volar y eso me enseña que las cosas las vemos según la vida que llevemos. Regreso de mi vuelo, sigo sentada en medio del valle y volteo para ver nuevamente todo lo que me rodea, y para sorpresa mía, todo empieza a cambiar: el cielo lo veo sonreír, el viento canta para mí, las aves hacen piruetas allá arriba donde están, los árboles se mueven alegres mientras bailan, las flores desprenden sus perfumes e inundan todo con él y así nos contagiamos de vida, los animales juegan y sonríen, y gritan jubilosos, las nubes forma caras sonrientes y juegan con ellas mirándome a mí, el sol ya me guiña un ojo, y pícaro extiende sus manos para acariciarme la mejilla. De pronto todo es distinto y yo no me daba cuenta de eso. Ahora entiendo después de ésta experiencia, que las cosas que nos afectan a nosotros, no deben afectar a los demás, por eso es que yo no veía vida, porque yo misma no la tenía. Cuando llegue aquí a éste precioso valle y creí que ni agua tenía, me doy cuenta que estaba equivocada y ahora veo que también la tiene. Comprendo que me preocupaba algo y eso permitía no ver más allá. Por eso aquí sentada como estoy y rodeada de todas las maravillas divinas que tengo a mis lados y cerca de mí, aprovecho para escribirle a mi mamá algo relacionado, y pedirle que **" Ya No Me Haga Más Sufrir, Que Me Ayude A Vivir y Que Me De La Vida".**

YA NO ME HAGAS MÁS SUFRIR,
AYÚDAME A VIVIR...
¡DAME LA VIDA!

Cuantas veces te he buscado mamá para que hablemos
Para que conversemos de las cosas que estoy viviendo.
Sabes que me estoy sintiendo mal por estar sin papá
Pero a ti te da igual... pues parece no importarte nada de mí.
Mientras yo me la paso aquí en casa,
Tu estas trabajando y casi no te veo.
Yo creo que me estas evadiendo para no hablar conmigo
Para no tener que darme la cara y ser sincera de una vez y para siempre.
No sé cómo hacerte entender que tenerte a ti es muy bueno en mi vida Pero en
ésta cuesta, en ésta subida que me toco tomar es esencial tener a papá de mi lado
Tú sabes cuánto he deseado que se llegue el día de poder estar con él.
De dejar el ayer de sufrimiento en el pasado
Para darle la bienvenida a una nueva alegría.
Siempre me pregunto a solas y las preguntas son a mí misma...
¿Por qué es que papá se marchó?
¿Por qué nos dejó, si yo lo amo tanto?
¿Qué tuve que ver yo, en todo esto que estoy pasando?
¿Por qué me están matando los dos con tanto silencio?
¿Por qué en medio de todos los problemas de ustedes estoy siempre yo?
¿Por qué no haces a un lado tus diferencias mamá
Y me dejas acercarme a él?
¿Por qué te desquitas de ésta forma tan hiriente para mí y tan dolorosa para papá
al no decirme donde esta y al no dejar que quizá él se acerque a mí?
¿Por qué ese egoísmo mezquino de hablar mal de él?
¿Por qué darme a beber de tu misma hiel, si ésa es solo tuya?
¿Por qué tanto coraje y por qué tanta amargura?
Si la negrura de un corazón, no es culpa de nadie, es de uno mismo.
¿Por qué te cuesta tanto perdonar lo que viviste con papá?
¿Y por qué mejor no recordar,
Que yo estoy viva y que te necesito completa?
¿Por qué sigues repleta de tanta ceguera si hay tanta luz?
¿Por qué caminar a la deriva cuando en la vida no quiero vagar?
¿Por qué nunca me haz de mirar como yo te veo mamá?
Con los ojos maravillosos del amor
Y con la esperanza bendita de amarte más.
Sé que estás leyendo ésta carta y que al leerla te das cuenta que ya son muchas las
que te he escrito y ninguna la que me has contestado...

O al menos a ninguna le has prestado la debida atención.
Como para darte cuenta cuanto amo yo a mi papá.
Espero que ésta si sirva para despertar un poco tu ser dormido
Y para que lo vivido con papá, no te impida me acerque a él.
Te cuento que fue ayer, al regresar de la escuela…
En el parque que está cercano a nuestra casa.
Que vi a una familia muy cariñosa y muy unida.
La señora iba vestida de rojo, se veía como una reina.
Su hija muy tierna iba de la mano de ambos
Disfrutando de la compalía de ellos.
El señor le acariciaba los cabellos,
Mientras la niña lucía su vestido verde claro…
El señor aunque un poco raro… se le notaba muy amoroso y muy paciente.
Pero de repente mamá… de repente todo cambio sin esperarlo.
Yo que iba de largo y sin saber porque, detuve mis pasos
Y me escondí para ver qué era lo que estaba pasando.
Un poco más retirado alcance a ver que una señora hacía lo mismo.
Pero ella sí quedó a la vista de los que estaban discutiendo.
A mi aunque no me estaban viendo… yo si los podía ver.
Pero más que eso, podía escuchar muy claro lo que ahí pasaba.
Él estaba muy enojado y la señora no sabía que hacer…
Pero lo que más me llamo la atención mamá,
Es que a pesar de tanto coraje y de tanta rabia
Se tomaron el tiempo para estar con su hija y así,
Ella no se diera cuenta de nada.
Disimularon lo que les pasaba y seguían jugando con la nena.
Disfrutaron con la pequeña por un lapso de 45 minutos,
Antes que se dieran cuenta de la señora que estaba cerca, mirándolos.
Seguían muy molestos y callados el uno con el otro,
Para no explotar por amor.
Pero para ellos mamá,
Para ellos era más importante mostrarle a su hija que la amaban
Por eso se quedaban sin pronunciar palabra y solo sonreían
Aunque por dentro se les notaba que morían por todo lo que les estaba pasando.
Luego sin esperarlo, los tres se le quedaron mirando a la señora que te cuento
Y a paso lento, se acercaron a ella para saludarla.
Los vi que muy amables, le dieron un beso en la mejilla y le sonrieron.
Le abrieron los brazos y la abrazaron muy afectuosos
Ellos orgullosos le pusieron a su hija en sus manos.
Porque según oí… desde hace años, ésa señora mamá,
Es la tía-madrina de la pequeña.

La niña tan inocente y tan tierna, de inmediato le sonrió,
La besó y le dijo te quiero.
Fue él, quien volteo primero a ver a su esposa diciéndole con la mirada que debían hablar
Ella le respondió de la misma forma
Y ambos pidieron a la madrina que cuidará de su hija.
La niña feliz se fue a jugar con su tía mientras los papás le traían un helado.
Ya un poco distanciados y sin que la hija los viera,
Y sin que la tía los oyera comenzaron a hablar.
¿Qué es lo que te pasa?- Comenzó diciendo en señor-
¿Qué es lo que te pasa mi amor?
¿Por qué estás tan distanciada, que nada parece hacerte sentir bien de mí?
¿Crees que no me he dado cuenta de tu indiferencia?…
Iba a seguir hablando el señor mama,
Cuando la señora lo interrumpió a gritos:
¡Estoy harta de ti! ¡De tus palabras! ¡De tus risas!
¡Estoy harta de tu presencia!
¡Ya me colmaste la paciencia!
¡Desde hace mucho que nada me importa ya de ti!
¡Por mi te puedes morir, si así lo quieres!… ¡Porque a mí no me haces falta!
¡Ni creo que te vaya a necesitar de hoy en adelante!
¡Así que toda ésta farsa de que nos queremos vayamos terminándola de una buena vez!
El señor estaba perplejo, de una sola pieza mamá, pues no creía oír lo que estaba oyendo… Fue entonces cuando él en voz poco más baja comenzó diciendo:

¿Amor, éstas segura de lo que dices?
¿Sabes lo que estás diciendo?
Yo nunca te he estado mintiendo de mis sentimientos hacia ti
No sé porque hablas de ésa forma, ni porque gritas de ésa manera.
Porque quieras o no quieras, yo te sigo amando.
Creo que estas exagerando las cosas y lo que tienes es que estas cansada
Trata de relajarte un poco y no me vuelvas loco con tantos comentarios sin pensar.
Así…
Así, relájate un poco más y piensa que para amar se necesita vivir
Y yo no vivo sino es contigo y con mi hija… ¡Ustedes son mi vida!
A ver, ahora que estas más tranquila…
Ahora sí, cuéntame que es lo que te está pasando,
Quizá juntos podamos arreglar el problema
Mira que mi vida no es buena, si te pasa algo a ti o a mi hija.

Si... Si
Si mi amor, vuelve a respirar profundo y despeja tu mente
Ahora siente como te doy un abrazo y te protejo de todo el mal que sientes.
No... No
No por favor, no comiences a llorar que solo quiero que hablemos.
Ya no recordemos cosas tristes y mejor dime ¿Qué es lo que te pasa?
Me siento muy sola cuando no estas – contesto la señora-
Siempre que te vas, te extraño...
Quiero decírtelo pero siempre me lo callo y eso me hace daño.
Desde hace un año que esto se va haciendo más grande y ya no puedo.
Yo también te quiero y yo también te amo, pero nos haces mucha falta.
Porque es tanta mi angustia de saberme sola,
Que mi alma llora y no sabe qué hacer.
Busco cosas que me entretengan y que me mantengan alejada de la soledad
Pero nada me funciona y hasta a veces siento que ya no te importo.
Me da rabia verte tan tranquilo y tan feliz
Y más cuando sonríes con todo mundo.
Hace poco estaba llorando a solas, sin que nuestra hija me viera,
Estaba recordando que en mi infancia, un día mientras estaba muy enferma
Papá se enojó con mamá y salió sin importarle yo.
Eso me dolió, porque yo lo necesité y él no estaba para mí.
Desde ahí, recuerdo que les tengo coraje a los hombres cuando se van de sus casas.
Por eso me enojo contigo,
Porque creo que cuando sales a trabajar, no te importamos
Nosotras nos quedamos sin ti, y tú,
Imagino que andas feliz sin ningún problema.

Él se acercó a su esposa mamá, muy amoroso
Y con semblante comprensivo le dijo:
Mi amor, mi vida, preciosa de mi alma...
Ahora veo que el problema que tienes, no es problema conmigo
Es por algo que has vivido desde tu infancia.
Yo te juro que te amo, que te extraño y que nunca las voy a dejar
Porque ustedes no solo son mi vida, las llevo en mi sangre.
Son los seres más importantes de mi propia existencia.
Y aquí en presencia de Dios,
Te diré que juntos saldremos de esto que te pasa.
Y que no importa si estoy fuera o estoy en casa,
Siempre estaré para mis reinas.
Porque mis reinas son mi hija y tú.

Anda…
Anda toma mis manos y piensa que te amo y que nada nos separará
Siempre voy a luchar por ti y a luchar por nuestra hija
Nada hará que deje de amarlas, de cuidarlas y de protegerlas.
Siempre querré verlas, como lo más importante en mí.
Por eso a partir de hoy, tendremos más comunicación
Habrá más compañía y tendremos más respeto
Para que nuestros corazones estén solo repletos de amor.
Él corto una flor y la puso en las manos de ella mama.
Ella la tomó en sus manos y lloró de alegría al saberse comprendida.
Vio que su vida es más fácil de lo que ella había creído.
Siempre ha tenido el fantasma de su niñez,
Pero esta vez todo con el amor de él acabará
Ambos se abrazaron, se miraron
Y terminaron fundidos en un abrazo lleno de amor
Acompañados por el calor de un beso y por la magia de la comunicación.
El corazón de ambos mamá, los hacía lucir tan contentos
Que ya no quedaban rastros de aquel coraje y de aquella rabia
Con la que habían comenzado discutiendo.
Después los vi alejar, para comprar el helado de su hija
Y llegar hasta donde ella estaba acompañada de su madrina.
Los cuatro comiendo helado,
Se encaminaron hasta la esquina y ahí los perdí de vista.
Yo seguí sentada por un rato más en el parque,
Pensando en lo que había visto.
Y tratando de entender ¿Por qué tuve que verlo?
Sin quererlo, de repente me llegó a la mente…
Que ésa podría ser la vida nuestra reflejada en ellos
Porque vi muchos destellos que son parecidos a los que veo en ti mama.
También te he escuchado gritar sin razón alguna y llorar sin que tú me veas.
He notado que te sientes sola y que le reprochas a la vida.
Que no sientes la salida de eso que te hace daño…
Y cada vez te sientes con menos fuerzas para luchar
Y muchas otras, veo que en tus ojos ya no sabes lo que es amar.
Lo que si me gustó de ésa pareja mamá,
Fue que respetaron el amor por su hija
Y no discutieron mientras la tenían cerca de ellos.
Y si al contrario, le brindaron amor, compañía,
Comprensión y calor de hogar.
Pude ver que en ellos, el amar está en demostrarlo y no en decirlo,
Aunque también se lo dijeron.

Así que por favor mamá, después de lo que vi hoy en ésa familia
Te pido que dejes en el olvido tantas peleas con papa,
No me pongas en medio de sus problemas,
Ni quieras usarme a mí, para hacer daño a otras personas.
Sé más sensata y más humana, mira que mañana voy a crecer
Y es ahí donde comenzaré a indagar por mi cuenta.
Por eso te pido que desde ahora, dejes de ser la señora que vi al principio
Y comiences a actuar como los padres de esa niña.
Dame respeto, comprensión, compañía, valor, consejos, besos,
Abrazos y mucho amor.
Has a un lado todo lo que viviste con papá y por favor,
Ya no me hagas más sufrir, ayúdame a vivir…
Dame la vida, con la vida de papá.

Mamá, sé que has terminado de leer mi carta y espero que en ella te des cuenta que aunque comprendo tu proceder en actitud conmigo, muchas veces mezclas cosas que no deben ser para que yo pague por lo que no hice. Me lastima tu forma de actuar inconsciente o consciente porque es solo un reflejo de la rabia y el coraje acumulado que tienes mama por lo que alguien más te hizo. Yo soy tu hija y debes ver la realidad de eso, porque yo te amo y siempre te amaré. No me queda más que pedirte, leas mi carta nuevamente, para que sepas que estoy diciendo, que estoy pidiendo y que es lo que más deseo ahora. Me despido de ti mamá, pero te llevo como siempre en mi corazón porque tu estas en mi sangre, ya que soy parte de la tuya. Finalmente te invito a viajar, mejor dicho… que hagas un viaje tu sola mamá, sé que te gustará y querrás hacerlo seguido, como yo lo empezaré a hacer. El viaje que te pido e invito a que hagas, es el viaje de una sola persona, no se puede viajar en compañía, porque el viaje que te pido que hagas, es un viaje a ti misma… hazlo por favor, sé que te encantará porque vas a ver muchas cosas. Gracias y cuídate mucho.

Se despide de ti:

Tu hija que es tu sangre, tu vida, tu alma y tu corazón.

Pd. En la vida hay problemas que son nuestros pero los hacemos de los demás… Afrontemos las consecuencias de nuestros actos y veamos a los otros como seres de amor. Además, el dolor es algo que nadie quiere vivir pero sin él, no aprenderemos a hacerlo. Por tanto, antepongamos todo el amor que sentimos por todo el dolor que podamos tener.

CARTA DIECISIETE

ÉSTA CARTA ES PARA ACLARARTE MUCHAS COSAS MAMÁ... Y AGRADECERTE OTRAS TANTAS

"LA BASE DEL CRECIMIENTO SON LAS LIMPIEZAS, SAQUEMOS LA BASURA"

Agustín Carranza :/II

꒰✿

Hoy me vine al río y conmigo se vinieron mis amigos del jardín de la casa a excepción de las flores, el árbol, la alfombra mágica y los vecinos que siempre me cuidan. Estamos aquí en medio del bosque lleno de la delicia y frescura del aire. Del cielo cae una suave, acariciante y mágica briza que nos llena de alegría al sentirla. El cielo es azul intenso lleno de fuerza, de esperanza y de fe pues hoy luce más esplendoroso que otros días. Las nubes no paran de jugar arriba donde están y adornan en forma perfecta al cielo que las cubre con su azul, mientras que ellas, alegres y contentas hacen figuras de guerreros emulando batallas cómicas entre el bien y el mal. Otras nubes se encargan de formar flores y animales silvestres para que sean testigos de dichas peleas. Todo en el cielo es un espectáculo maravilloso, lleno de enseñanza, de justicia, de armonía y de fe por alcanzar la paz. Desde abajo, las montañas están atentas a lo que está pasando allá arriba y llenas de júbilo sonríen al verme ahí sentada a sus pies gozando de sus bondades. Me guiñen un ojo y cómplices de la misma aventura señalan el cielo para que sigamos todos, juntos con mis amigos y los demás animales que hay en ellas, viendo la puesta en teatro que han hecho para nosotros las nubes. Todo luce muy claro, y muy real, y nos mantiene absortos en lo que está pasando en el cielo y felices todos, no paramos de asombrarnos por lo que vivimos. Lentamente bajo la mirada sin perder detalle a nada, y sin haberme dado cuenta antes, el cielo es reflejado en forma perfecta sobre el lago que hay en medio de este valle en el que estamos todos. Sus aguas mansas, apacibles y tranquilas son el espejo celestial para continuar lo que allá arriba se está haciendo. Acá abajo la visión de la batalla es la misma, solo que adornada de pinos, de sauces cedros, robles, gigantes, y una gran variedad más de árboles ya sean frutales o no. Además, alrededor del lago hay toda clase de encantadores animales. Se le puede ver al rey león con su familia atento a lo que pasa en la obra, a la pantera que con la misma agilidad para cazar no deja pasar detalle alguno, se ve al lince con esa mirada rápida y aguda observando todo. También están las gacelas, los elefantes, las jirafas, los tigres, las focas, los delfines, las ballenas, el águila, el halcón, el buitre, los cuervos, el pájaro carpintero que dejó de hacer su hogar para estar aquí… en fin toda clase de animales marinos, terrestres y de aves se pueden ver en armonía perfecta solo disfrutando del espectáculo que en el cielo se está llevando a cabo. La gran variedad de flores que se ven aquí, se han puesto de acuerdo y están regalándonos sus mejores perfumes para que así, la atmósfera en la que estamos sea más completa y más placentera. Felices bailan mientras observan y mientras nos perfuman a todos. El astro rey es el justo juez en la obra que estamos viendo. Todos llenos de amor, de alegría y de fe, gustosos aplaudimos a lo que estamos viendo y comprendemos que así como allá arriba se libra una lucha contra el bien y el mal, así mismo, nosotros libramos batallas cada día de nuestras vidas. Las peleas que tenemos no son por ser mejores sino por el egoísmo que alimentamos sin darnos cuenta muchas veces. Creemos que teniendo más cosas materiales que las demás personas eso nos hará mejores seres humanos, y nos afanamos por conseguirlas sin percatarnos que eso es ser parte del ejército del mal que esta allá arriba peleando contra el bien. Muchas otras vemos personas necesitadas y pudiéndolas ayudar, las ignoramos por completo, solo para al final del día inclinar la balanza a nuestro mal personal. Es más fácil decir palabras hirientes y sin sentido de justicia, de razón, de esperanza y de fe que de amor. Pues cuando decimos palabras de amor muchas veces son sin verdad y llenas de veneno, mismo que acumulamos sin querer cada noche en nuestro corazón. Entre más caminamos por la vida, más la vida nos enseña su verdadera luz. Solo que estamos tan ocupados en lo "realmente importante" que no nos damos cuenta a qué hora canto el pájaro para darnos los buenos días o a qué hora el sol dijo buenas noche y la luna nos sonrió avisándonos que ya estaba aquí para nosotros. Por eso hoy que estoy aquí rodeada de mis amigos, en medio de este valle mágico como mi alfombra, y con muchos nuevos amigos que veo a las orillas del lago contemplando este espectáculo tan único. Es aquí donde después de ver que el bien ha triunfado y que los vencedores abrazan a los vencidos, y los vencidos le sonríen a los ganadores, y juntos todos, bajan la mirada a la tierra para hacer reverencia por el amor que nos tienen. Nos enseñan que aunque siempre hay bien y hay mal, debemos tener la justa medida para saber cuál es mejor y como debemos actuar en la vida diaria. La pelea termino y ahora todas las nubes hacen figuras llenas de humor para alegrarnos el resto del día. El cielo sonríe feliz y contento, lo mismo que el sol. El viento que había detenido su paso para estar atento a lo que pasaba, comienza a deslizarse suavemente jugando con las nubes y llevándolas de un lado a otro para así agradecerles sus enseñanzas. Todos siguen mirando al cielo y yo aprovecho para, rodeada de los que estoy, y sentada aquí en este lugar indescriptible y único, lleno de vida, de amor y de paz, escribirle a mi mamá y decirle que la carta que le escribiré, después de ver todo lo que vi y de vivir lo que viví, es para aclararle muchas cosas y para agradecerle otras tantas. Porque una de las mejores cualidades que debe tener el ser humano es ser agradecido, pues entre más agradecido sea, más humano será. Haré el mayor de mis esfuerzos para tener siempre presente que la lucha del bien y el mal es una lucha que se lleva a cabo solo si nosotros no sabemos que queremos ni a dónde vamos. Por eso mismo **"Ésta Carta Es Para Aclararte Muchas Cosas Mamá… y Agradecerte Otras Tantas"**.

ÉSTA CARTA ES PARA ACLARARTE MUCHAS COSAS MAMÁ... Y AGRADECERTE OTRAS TANTAS

La siguiente carta que te escribo mamá es para que sepas lo que he vivido...
He recorrido muchos caminos preguntando por papá
Y en ninguno de ellos he obtenido respuesta.
La cuesta que voy andando creo que es infinita
Y no sé si las fuerzas para llegar hasta ella me alcancen.
A lo lejos solo veo nubes borrascosas y más cosas que no sé qué son.
Mi paso es lento y muchas veces ando con un dolor indescriptible
Porque por más que trato de ver el horizonte...
El horizonte con tanta neblina, es poco visible.
Mis pies casi se desangran por tanto recorrer caminos
Pero mi mente está clara en lo que está buscando.
Que se junten dos caminos, el de papá y el mío.
Miro que mi cuerpo cansado de tanto buscar, se refugia en la esperanza y se
alimenta de allá para no flaquear y para seguir luchando.
Sé que me estoy agotando y que las fuerzas se me acaban.
Pero también sé que no hay nada que no sea luchar por amor.
Y en mi pecho y en mi tierno corazón, lo tengo a raudales.
Si los mares estuvieran sin agua, yo lo llenaría.
Haría con el amor un derramamiento de conciencia
Para que ante la presencia de él, nadie fuera egoísta
Y ante la vista de todos, todos fuéramos más sensibles y más humanos.
Nos hiciéramos los hermanos que ya somos para que caminemos por distinto
rumbo.
El mundo sería diferente porque su gente viviría con paz, con gozo,
Con alegría y con amor.
Y éste dolor en mí búsqueda no lo estaría pasando
Porque a esta hora estaría en brazos de mi padre segura,
Calientita y soñando.
Pero como las cosas son muy diferentes de lo que yo misma pienso y siento.
No tendré contento a mi corazón, ni le daré paz a mi alma
Hasta no estar en el regazo de quien yo quiero estar...
En los brazos de mi papá.
Así que no debo dar marcha atrás y tengo que seguirlo buscando.
Sé que él me está esperando con las mismas ansias mías
Para que culminemos con alegrías tanta distancia
Y tanta angustia por no vernos.
No sé hasta cuando nos mantendremos alejados de ésta forma
Pero lo que sí sé que es un hecho, es que mi ser maltrecho

Ha de recuperarse de todas las heridas cuando vuelva a estar con él.
Y cuando juntos volvamos a ver salir el sol en todo su esplendor.
Por fin tendré el calor de padre que tanto me hace falta
Y podré caminar segura, en la dura batalla de mi destino.
El camino andándolo de su mano, me seré más placentero
Y más llevadero porque al fin estaré completa.
Sé que ya es tarde y debo descansar un poco pensando cosas positivas para mañana tener otra vez la energía que necesito
Y seguir buscando lo que quiero.
Pero primero quiero hacerte ver mamá,
Que nada esta como tú crees que esta.
Mi vida es muy dichosa a tu lado,
Llena de buenas cosas y también de soledad.
Porque la verdad… la verdad es que me hace mucha falta mi papá.
No quiero que en mis letras creas y sientas que no te necesito
Porque no es así… lo que pasa es que me siento incompleta
Y la otra parte de mi ser, solo la llena un ser, mi padre.
Seguiré buscando y recorriendo los caminos que aparezcan frente a mí hasta dar con el que me llevará a donde quiero llegar.
No sé cuánto tiempo voy a invertir, pero vivir vale la pena
Y gustosa seguiré luchando con todo hasta ser feliz.
Mira que ahora que ya decidí emprender este camino
Mi destino lo empiezo a ver ya trazado porque creo que así debía ser.
En la vida, la vida no es como nosotros la deseamos,
Es simplemente como es.
Llena de cuestas, de bajadas, de altos, de alegrías, de triunfos, de derrotas, de sonrisas, de prisas, de cantos, de anhelos, de llantos y de sueños.
De bendiciones, de corazones buenos y de corazones malos…
De luz, de obscuridad, de la claridad que da el amor
De la flor que está en el campo y del manto de la aurora por nosotros.
La vida no es solo vida; es contemplación, es sosiego, es paz,
Es armonía, es ver en la noche, no solo la noche sino un maravilloso día.
La vida además es aprendizaje, es conocimiento, es el cimiento al futuro y es lo más puro que podemos llegar a tener.
Por eso no quiero perder ese sentido
Y aunque ahora todo lo veo medio oscuro, pronto llegaré a la luz.
Quizá te estés preguntando mamá, quien escribió esta carta
Por tantas cosas que en ella te estoy diciendo.
Espero no decepcionarte al decir que te la escribí yo.
Quiero compartir contigo lo que he andado en mi corta vida
Porque no se me olvida, que gracias a ti y a papa, soy quien soy.

Por eso ahora me doy la oportunidad para que te adentres un poco en mí.
Para que sepas mediante mis letras,
Lo que un alma de niña puede llegar a sentir.
Te vuelvo a repetir que te amo, que te extraño
Y que estoy eternamente agradecida porque tú seas mi mamá.
Quizá me leas un poco diferente en esta carta
Comparada con las otras que te he escrito
Pero es que de a poquito en poquito todo me ha ido cambiando
Y ya no soy la misma.
Mi vista es más clara y mis oídos escuchan mejor.
Mis pasos son más seguros y mi andar es más tranquilo.
La lluvia ya la contemplo y la disfruto y me baño con ella.
En el cielo ya no solo veo nubes grises, también veo las estrellas.
Así que como puedes leer mamá,
Tu hija ya es un poco diferente a cuando comenzó a escribirte.
Ya no quiero herirte más con mis reproches y con mis arranques de locura.
Hoy quiero reconocer la ternura de tu amor y de todo lo que haces por mí.
Te agradezco que te desveles por mi culpa y luches para yo estar bien.
Sé que también sufres a solas y que lloras de impotencia
Y que mi compañía y mi presencia te dan fuerzas para seguir.
Para salir de madrugada
Y ser la mujer fuerte que siempre has sido hasta hoy.
Yo te doy eternas gracias por todo tu silencio y toda tu distancia
Porque poniéndolos en una balanza, eso me ha ayudado más a crecer.
Volteo a ver mi ayer, y me doy cuenta de lo ofuscada que estaba.
Nada podía esclarecer mi mente,
Porque en mi mente había enojo y decepción.
Mi corazón era un refugio de muchos malos sentimientos
Y mi alma sin saber qué hacer ni a donde ir,
Solo le quedaba vivir encarcelada entre tanto rencor.
Por eso quiero aprovechar una vez más para decirte
Que eres la mejor de las madres.
Y que sin tu ayuda, sin tu guía y sin tu amor no podría ser quien soy.
Sé que pronto recapacitarás sobre la falta que me hace papá
Y que la luz te llegará para compartirla conmigo,
Dejando en el olvido todo lo que me callabas.
Sé también que harás a un lado todas tus diferencias
Y comprenderás que me amas.
Vendrás finalmente a mí,
Para darme lo que tanto te he pedido todo este tiempo.
Porque tú me has visto recorrer muchos caminos para llegar a papá

Y al hacerlo he olvidado que el mejor camino para llegar a él eres tú misma.
Por fin mis pies cansados de tanto andar descansarán tranquilamente.
Mi mente no se volverá a ocupar de divagar en conjeturas,
Verá las mañanas llena de esperanza y de fe
Porque sé que pronto vas a cambiar por el amor que me tienes.
El horizonte poco visible que antes recorría y quería descubrir
Tú me lo despejaras para verlo en su máxima plenitud.
Las nubes que nublaban mi camino se tornarán amigables y blancas.
Tantas serán las satisfacciones que me des con tu cambio
Que hasta el mismo Dios vendrá para ayudarte,
Para darte el valor de hacerlo.
Porque al quererlo, simplemente lo podrás hacer.
Mi ayer quedará en el pasado y a mi lado solo la alegría.
No habrá día que no te estaré agradecida
Porque a mi vida al fin llego el amor.
Volveré a tomar la flor que te día hace tiempo y en ese momento de júbilo
La pondré por vez primera en tus manos.
Atrás quedarán los años de sufrimiento y frente a mí...
Mi madre llena de vida.
La más consentida, a quien le escribí este poema:

HOY

Hoy que estoy sola.
Hoy que estoy en casa.
Mi alma de alegría llora
Por tener una madre así como tú…
Así como tú de hermosa.

Hoy que lloro de contenta
Y que las lágrimas no dejan de salir.
Hasta hoy me doy cuenta
Que Dios con tu amor
Por siempre me ha de bendecir.
Hoy que reconozco tu amor
Y que por el estoy bendecida.
Veo en ti madre, solo luz y resplandor,
No veo en ti, otra cosa que no sea vida.

Te vi hablando a solas un día
Y curiosa me acerque para escucharte.
Bendiciones por mí a Dios le pedias
Solicitándole que no dejará de amarme.

Por eso hoy que pienso en ti
Mi pecho se llena de gozo
Porque jamás antes yo sentí
Esto que siento hoy y que por ti madre…
Por ti madre es muy hermoso.

Sí…
Sí hoy que estoy aquí sentada
Pensando en lo que tengo conmigo
No veo nada… que no sea tu abrigo.
Ni nada que no sea tu ser
Porque tu querer es más grande de lo que pensaba.

Hoy quiero agradecerte por tu amor.
Hoy quiero agradecerte por tu vida.
Hoy quiero agradecerte Señor
Por mi madre bendecida.

Me voy por un momento
Me voy por un instante
Antes quiero decir lo que siento;
Te amo mucho madre.

Si llegarás a leer este poema
Y en él te ves reflejada,
Recuerda que un alma Buena
Por la eternidad será amada.
Ya me despido por ahora
Porque hoy descubrí muchas cosas.
Sé que también de alegría se llora
Y más cuando hay madres como tu…
Si mamá, como tu así de hermosas.
Te amo, nunca lo olvides.

Como puedes ver mamá, siempre te llevo a donde voy
Y nunca de mi te aparto ni un instante
Soy tu sangre y tú eres lo más grande para mí.
Por eso hoy que te escribí ésta carta,
Quise compartirte el poema que hace tiempo era tuyo.
Espero te guste, lo disfrutes y lo conserves para el resto de tu vida
Porque aún en la distancia,
Aún allá estaré yo amándote como hasta ahora lo hago.
Gracias infinitas por ser mi madre
Y gracias a Dios porque a mi padre pronto me lo devolverá.
Estoy muy contenta y muy jubilosa porque ya tengo otra rosa para papá.
Me despido de ti mamá por ahora y recuerda que siempre te seguiré amando.

Simplemente…

Te amo Mamá

He terminado de escribirte una carta más mamá y ya volví de donde
había ido y, créeme que la experiencia que tuve allá en ése bosque lleno solo
de vida, me ha enseñado muchas cosas de las que te compartí en ella y más
aún. Quiero pedirte que si me ves que estoy dormida en el jardín, atrás de la
casa, bajo los pies de mi amigo el árbol, por favor no me despiertes porque al
volver fui directamente hacia él para contarle junto con los que no me pudieron
acompañar, lo que vimos en el bosque, y cansada y feliz del viaje, me quede ahí

tendida. Como es costumbre, él siempre me protege con sus ramas, que para mí son brazos fuertes pero suaves al mismo tiempo, las flores me perfuman todas las noches. El sol se despide de mi amoroso y de la misma forma me dan las buenas noches las estrellas y la luna. Así que como puedes ver, estoy rodeada de seres increíbles con amor incondicional y para siempre. Es más, los vecinos me estaban esperando, se les veía desde el otro lado de sus ventanas que estaban preocupados por mí, por no saber dónde estaba. Bueno ¡Aaaahhhhhhhhhhhhh! Creo que me quedaré dormida aquí donde te dije que estoy, bajo mi amigo el árbol. Sé que todos ellos me cuidaran. Por favor mamá, lee la carta y recuerda que te amo, que te extraño y que me haces mucha falta. ¡Aaaaaaahhhhhhhh! Que descanses, buenas noches mamá. Hasta mañana y no olvides que eres la mejor de las madres. ¡¡¡Muuuaaaaaaaaaaaa!!!¡¡¡Muuuaaaaaaaaaaaa!!!

Nada más que solo decirte:

Lo mucho que te amo Mamá

Pd. Mamá, has del ayer un recuerdo de felicidad, viviendo hoy solo momentos de amor, para que tu mañana sea solo alegría llena de paz, de esperanza y de mucha fe… ¡Tu mereces vivir puros mañanas!

CARTA DIECIOCHO

DEBEMOS LUCHAR POR EL AMOR...
CON ESPERANZA Y CON FE

**"ALIMENTEMOS LAS FUERZAS CON LUZ, LA
LUZ CON AMOR Y EL AMOR CON LA VIDA"**
Agustín Carranza :/II

ऱ❈

La tarde es apacible, el día es placentero y las ganas de vivir son más intensas para mi hoy. Todo a mí alrededor luce con más luz y color y con más alegría y más nitidez. Hoy todo está lleno de buenas cosas y de buenos deseos para las personas en general y para todos los que me rodean y los que me quieren. Más aún, para los que me son extraños y los que en vez de quererme no lo hacen. Estoy optimista, muy optimista escribiendo esta carta mamá, porque he podido descubrir que siempre tenemos cosas grandes en nuestras vidas que en realidad no lo son y que las cosas pequeñas que nos regala son las grandes de verdad pero no les damos la importancia debida. Hoy es un día, para mí, lleno de algarabía, de dicha, de paz, de gozo, de ilusión, de esperanza y de mucho amor porque hoy que estoy aquí sentada frente al lago del parque que siempre visito para relajarme y para sentirme viva, comprendo y sé que la vida solo me ha dado cosas muy buenas sin percatarme de ello y sin yo valorarlas. Estoy pensando un poco sobre lo que digo y me he dado cuenta que las personas muchas veces actuamos en forma egoísta y eso solo nos lleva a una soledad imperdonable. Otras veces actuamos con premeditación y ventaja y solo obtenemos los resultados más lógicos… el triunfo en lo que hicimos pero la desaprobación y la distancia de quienes nos rodean. Además los humanos somos muy fáciles de actuar con mentira y con falsedad para después darnos cuenta que las cosas no son para siempre y que el peso de la mentira y de la falsedad es muy poco comparado con el peso de la verdad, y esto a su vez, hace que terminemos ahogándonos con sentimientos de culpa que no nos dejan vivir en paz. Es muy valioso estar en contacto con la naturaleza porque nos enseña la esencia de nosotros mismos, y como el mejor maestro que es, nos da con amor, las lecciones de vida que nos hacen falta y que vinimos a aprender. Estar aquí en la naturaleza, rodeada de árboles, de plantas, de animales, de agua, de la tierra, del viento y del fuego que me calienta y se llama sol, me hace sentir viva porque todo esto me da la vida y porque me enseña que soy parte integral de un todo y que es un todo a lo que pertenezco por eso siempre sin darme cuenta busco estar en contacto con ella. Hay muchas cosas que he venido descubriendo a lo largo de éste viaje que empecé hace no sé cuánto tiempo mamá para encontrar a papá pero para alegría mía, y para sorpresa personal, más que comenzar a encontrar a mi papá también sin quererlo o sin siquiera pensarlo, he empezado a encontrarme a mí misma. Han empezado a caer de mi cabeza tantas cosas equivocadas que yo tenía en mente de ti y de papá y de muchas personas que me rodean. Además, he podido ir viendo que estaba en un error y me dejaba llevar por lo que mi cabeza decía, sin pensar lo que hacía o hablaba. Ahora sé que el actuar de un ser es más que solo llevar a cabo una acción determinada.

Debemos saber y oír lo que pensamos antes de convertirlo en palabras, porque las palabras son armas tan letales y tan buenas a la vez, que pueden construir los imperios más grandes, como destruir las naciones más poderosas. Debemos además saber escuchar al que tenemos frente a nosotros para poder asimilar lo que está diciendo y poder comprender así, la razón de su proceder y de sus actitudes. No debe faltar en el corazón de cada persona la paciencia para actuar con juicio y jamás debemos tener soberbia para no estar ciegos a la hora de ver las cosas. **Debemos** además, **Luchar** con tesón, con razón, **Con Fe y Con Esperanza Por El Amor** que nos llevara a la vida. Por eso mismo, te escribo yo esta carta mamá porque tengo esperanza y tengo fe en el amor.

DEBEMOS LUCHAR POR EL AMOR...
CON ESPERANZA Y CON FE

Quiero escribirte mamá y decirte que hoy me siento con ganas de sonar...
De volar por lo alto de los cielos y alcanzar el infinito
Para desde allá agudizar mi mirada y poder buscar a papá.
Recorrer toda la tierra en mi vuelo y más allá aún
Para aprender que el amor no es exclusivo de la tierra
Y que aunque la humanidad no lo acepte, no lo vea o no lo quiera
Éste sentimiento es más fuerte, más grande
Y más poderoso de lo que se piensa
Quiero comprobar con mis ojos, ¿por qué vivimos cómo vivimos?
Y, ¿Por qué actuamos de manera irresponsable muchas veces?
Si el amor es uno solo, y ése amor nos pertenece a todos por igual.
Hoy, gracias a este vacío tan desigual que estoy viviendo por falta de papa Estoy
comprendiendo que en la vida hay muchas cosas por valorar.
Yo por ejemplo, ya descubrí que el no tener a papá me hace más fuerte, más
sensata y más consciente de tantas situaciones que pasan.
Que no me alcanzan las fuerzas para seguir amándolo, por estar ausente y que el
tenerte presente a ti mamá,
Me ha servido como pilar para ser más recta.
Pero también he aprendido que la perfecta armonía, es estar en familia.
Juntos los padres con los hijos y todos ellos unidos a Dios.
Ya me di cuenta que hay tres deberes que nunca debemos pasar por alto y esos
tres deberes son quizá muy fáciles de decir,
Pero difíciles de alcanzar:
Tener amor, para amarnos y para amar
Tener fe para para creer que el amor es lo máximo
Y por último, tener esperanza para alimentar la fe y llegar al amor.
Una vez que entendamos estas tres pequeñas
Pero difíciles razones en la vida
Con ellas vendrán todas las demás;
La paciencia, la alegría, la abundancia, la salud, la paz,
El gozo, la sonrisa, la prisa de ser felices y la cordialidad y,
Con todo esto... ¡La verdad!
Por eso es que hoy quiero volar por el cielo y surcar el infinito mamá
Porque la ausencia de papá me hace buscar muy dentro de mi
Para saber de qué estoy hecha
Sé que soy fuerte y que muchas veces me he dejado abatir por la tristeza.
Que por mucha entereza que a veces le pongo a las cosas...
Algo sale mal.
Y es ahí donde quiero yo investigar,

Porque no estaré tranquila hasta saber ¿qué me pasa?
El hogar donde vivo contigo, no es la casa en la que debo estar
Porque para mirar me hace falta abrir los ojos
Y eso quiero hacer con éste vuelo.
Hoy quiero que leas mi carta mamá pero con los ojos y los oídos abiertos
Para que los desiertos que haya yo recorrido los puedas descubrir
Porque para vivir, no es suficiente solo ser tu o solo ser yo…
Me hace falta mi padre.
En la vida de todo ser humano mamá,
También hay más vidas y en la mía están ustedes dos
Y Dios que es el eje central de toda la existencia,
Cuya presencia dejamos por tontos muchas veces
Para recibir con creces lo que tenemos.
Todos merecemos vivir y, ¿qué es lo que hacemos?
Solo vemos pasar el tiempo.
Lo mejor de la vida mamá, no es verla pasar
Sino darse cuenta que lo más importante es la vida misma
Pero debemos saber vivirla.
No con la mentira, ni con la soberbia o con la apatía,
Sino con la melodía del amor.
Porque es el amor,
El arma más poderosa para salir triunfantes y abantes ante todo.
Me hace mucha falta mi padre
Y espero que pronto me dejes estar con él mamá
Porque la vida debe estar equilibrada
Y no hay nada mejor que tenerlos a los dos.
Te sigo escribiendo mis pensamientos
Y mis inquietudes para que los sepas,
No quiero que pase el tiempo sin que así sea
Y no quiero llenarme de todo sin compartírtelo.
Te amo mucho mama,
Y estoy eternamente agradecida porque en la vida, en la mía,
Seas tú parte de ella y seas la estrella que hasta ahora me ha guiado.
La mujer que me ha dado todo lo que ha podido
Y que yo feliz te agradezco.
Merezco también ser recompensada
Con los brazos insustituibles de mi papá.
Y éste viaje que estoy emprendiendo me está llevando a estar con él.
Apenas ayer, cuando yo estaba en la sala de la casa
A mi memoria llegaron muchos recuerdos
Unos locos, muchos de ellos cuerdos,
Que eran los que hacia papá conmigo.

Pude ver que mientras estaba yo en sus brazos,
Él me hacía gestos para que sonriera,
Luego me cantaba para que me quedara dormida en cama,
Mientras él me besaba.
No había nada más importante para papá que yo.
Puedo vivir los momentos en que juntos en el jardín
Jugábamos sin parar
Hasta escuchar tus gritos pidiendo que fuéramos a comer.
En los ojos de papá, se veía y se notaba el querer no solo por mí,
Sino por ti también mamá.
No sé cómo fue que se perdió tan mágico encanto
Y no sé porque se rompió ése amor.
Espero algún día poder llegar a saberlo…
El calor del sol me empieza a quemar un poco,
Porque ya estoy muy lejos de la tierra
Y aunque parezca loco leerlo,
Hay evidencias de primavera por venir y será para siempre.
Se siente más en paz acá arriba y a la deriva no se anda,
Pues el camino es más claro.
Lo raro es que allá en la tierra también lo es,
Solo que muchos no se percatan de eso.
Por eso quise subir hasta el infinito,
Para ver lo que allá abajo no se puede ver.
Desde aquí alcanzo a distinguir un camino y muchas veredas
Se ven muchas tierras áridas y pocas fértiles,
Pero todo empieza a cambiar.
Se puede mirar que la gente goza de las veredas
Olvidándose del camino.
Porque ellas son más alegres y más bulliciosas
Y que cosas no goza el ser humano
Que no sean las más fáciles de alcanzar y las que no traigan ataduras.
Son duras las jornadas de lucidez pero a la vez son las más perecederas.
El camino que te comento mamá,
Luce con pocas personas en su trayecto
Pero contento esta mi ser porque lo estoy mirando y por él quiero ir.
Sé que vivir no es como yo lo deseo,
Pero ahora veo que todo tiene un fin.
El único fin supremo del amor por siempre.
Espero que la gente abandone esas veredas llenas de facilidades
Y vengan a descubrir las bondades de éste camino único
Que nadie se atreve a andar.
Alcanzo a mirar a lo lejos,

Allá en otro lado del planeta, a mi papa;
Lo distingo muy poco porque en mi mente confusa no hay coordinación
Y mi corazón no pone en orden sus sentimientos…
Así que papá es poco visible.
Sigo afinando mi Mirada, alargo mí vista lo más que puedo
Para luego darme cuenta sin querer, que papá está cerca de mí.
No sé cómo pasó esto,
Pero me olvidé de todo en cuanto apareció a mi lado.
Lo veo que sonriente y feliz.
Me mira lleno de gozo, de paz, de alegría y de amor.
Lo veo que trae una flor y me pregunto,
¿Si es la que un día destiné para él?
Su aspecto de hombre sonriente no ha cambiado para nada
Y el brillo de sus ojos aunque un poco opaco,
Se le puede ver más reluciente.
Yo estoy muy feliz, muy dichosa, y muy agradecida con la vida
Porque mi ser ahora respira la presencia de quien me la dio.
Él se da cuenta que lo estoy mirando y al parecer escucha que lo amo.
Lo llamo con el pensamiento
Y el voltea a mirarme con el amor reflejado en su rostro.
Me sonríe mamá,
Alza sus brazos para abrazarme, y al mirarme a los ojos
Se da cuenta que nunca hemos dejado de ser padre e hija
Que la sangre que nos une es más fuerte que todas las cosas que ya pasamos
Que llegamos en el momento justo para reencontrarnos
Porque de hoy en adelante amarnos será una premisa
Y nuestra tarea por siempre.
Mi alma, mi corazón, mi ser y mi vida
Sienten que todo ha sido por fin recompensado.
Te tengo a mi lado mamá
Y ahora después de tan ardua búsqueda tengo a mi papá.
Él sigue sonriendo en la distancia y yo no me canso de contemplarlo.
Mirarlo es lo que quería y ya lo conseguí,
Y eso me hace más que dichosa.
La rosa que le vi a él, aparece en mis manos de repente
Y la gente del camino que pocos andan,
Se detienen a felicitarme por lo que vivo.
El sol aún me está calentando y el infinito me guía a la tierra
Para seguir viviendo en ella.
Piso tierra pero aunque parezca extraño,
En mi mano tengo una rosa mamá.
Ya finalmente estoy convencida que a mi vida llego la luz de mi padre.

Y que solo es cuestión de tiempo para que en el intento de amar
Ame profundamente a quien me dio la vida.
Mamá, espero me hayas leído con los ojos y los oídos bien abiertos
Porque ya los intentos de búsqueda quedaron atrás…
De hoy en adelante solo habrá una constante… ¡el amor!
Y por el amor debemos luchar todos.
Lucharé yo por él
Lucharás tú por él y,
Luchará papá por él… en fin
Todos debemos luchar por el amor,
Con esperanza y con fe para llegar a él.
Ahora si el ayer quedó atrás… hoy es un nuevo día.
¡¡Ha triunfado el amor!!
Gracias mamá por ser mi madre y gracias papá por ser mi padre.
Los amo a los dos porque Dios los puso en mi vida.
¡Gracias a todos!
¡Gracias una vez más… y no olvides que te amo!

Mamá, haz terminado de leer una carta más de las muchas que ya te he escrito. Mientras tanto yo sigo contemplando la naturaleza que bondadosa me regala alegría, fe, esperanza y vida. Agradezco a Dios me dé la oportunidad de decirte que te amo, que te extraño y que por siempre te llevaré en mi corazón. Esto no es despedida, ni quiere decir que nunca más te volveré a escribir. Es solo que tengo la necesidad imperante de que lo sepas porque es a través de estas líneas que el mundo sabrá cuanto te amo y cuanto creo en Dios y en su amor, para pronto re-encontrarme con mi papá. Confío plenamente que sabrás comprender mi petición y por el amor que me tienes, pronto cambiarás tu actitud hacia mí y hacia papá, para facilitar todo y poder así, reencontrarnos como lo he soñado todo este tiempo. Me despido una vez más y por último te deseo solo tres simples cosas para hoy, para mañana y para siempre a lo largo de toda tu vida:

Que la alegría nunca se apague, que la prosperidad no falte y que el amor sea por siempre.

Se despide de ti:

Tu hija que te ama mucho

Pd. Si el dolor es un sentimiento de aprendizaje, de fortaleza, de esperanza y de fe para llegar al amor… ¡Ya ha sido mío!

CARTA DIECINUEVE

EL OTRO DÍA HABLAMOS DE SUEÑOS MAMÁ...

"A<small>LIMENTA LA VIDA CON SUEÑOS, LOS SUEÑOS</small> <small>CON AMOR Y EL AMOR CON LA VIDA</small>"

Agustín Carranza :/II

Estoy caminando por una vereda llena de árboles a los lados, de flores de todo tipo y del perfume que emana de ellas y que hacen de mi camino y de mí andar más alegre y menos cansado. En el cielo me acompañan el águila, el halcón, las palomas, el pájaro carpintero y más aves. Todos estamos atentos a lo que se ve a lo lejos y es allá a donde queremos llegar porque parece que hay una gran fiesta en el bosque. El viento me va platicando mientras tanto, que hoy es un día especialmente mágico porque aprenderé más cosas de las que ya he aprendido y viviré muchas que aún no he vivido. El sol como siempre me guía con su amor y me das su luz para que nunca me falte. En fin, todos ansiamos estar allá donde se ve que hay gran algarabía. Ya quiero llegar para saber de qué se trata. Apresuro el paso para acortar el tiempo y éste se ríe solo de mi pues me dice que aunque corra, lo que he de vivir lo viviré en el tiempo que deba vivirlo, ni antes ni después. Además, me aconseja que cuando en mi vida haya algo que deba aprender y vivir, abra los oídos, abra los ojos y abra mi mente para así poder oír, ver y entender, pero que nunca deje en mi lo que vivo y aprendo porque si es así, mejor no lo viva, ni lo aprenda. Luego sigue diciéndome que comparte conmigo esto porque hay más satisfacción y más abundancia en dar que en recibir y que si yo quiero ser grande, primero sea pequeña para hacer bases sólidas del crecimiento. Sigo caminando a prisa, muy aprisa, pues quiero llegar a donde veo todo el alboroto feliz que se ha formado en el bosque. Pero de repente de la copa de un árbol veo que baja un búho sereno y paciente frente a mí y me afronta diciéndome que debo ir más lento, porque me estoy perdiendo de las cosas pequeñas que hay a los lados del camino. Que no debo correr tan aprisa porque lo que realmente cuenta no es llegar, sino ver por dónde vamos para poder llegar, no vaya a ser que cuando lleguemos no sepamos como lo hicimos y podamos así perdernos por completo al querer volver. Una vez que sepas ver el camino que recorres, me dijo, te será más fácil, más placentero, más satisfactorio y más seguro llegar a donde debas llegar. Así que te invito para que aminores la velocidad y goces de tu camino, que lo que allá se vive, si es tuyo, lo vivirás. Comencé a dejar de correr y me di cuenta que hay árboles de muchos tamaños y de muchos tipos pero no sabía de qué clase de árboles eran porque en mi mente seguía ansiosa por llegar allá al final del camino y disfrutar de la fiesta. Entre más aprisa andaba, más largo se me hacía el camino y parecía que crecía la distancia para por fin estar allá. Me tome un respiro, cerré mis ojos, volteé al cielo, luego vi las aves que me acompañan, recordé las palabras del tiempo y recordé lo que me dijo el búho. Todo esto me hiso sentir más tranquila.

Abrí los ojos, ya no caminaba aprisa, ya estaba mi paso más medido por la consciencia y así pude empezar a ver que los árboles son pinos, abedules, gigantes, robles, fresnos, plátanos, duraznos, manzanos, ya puedo distinguir a cada uno. Además al pie de ellos veo ardillas, conejos, lombrices, avispas, rosas, geranios, petunias, margaritas, azucenas, malvas, alcatraces... realmente tenían razón el tiempo y el búho. Estoy llenándome más, al caminar más despacio que cuando corría. Ahora respiro más tranquila, mi vista es más amplia, mi oído percibe más las cosas y con más claridad y mi mente asimila más lo que veo y lo que vivo. Ya se me olvido por un rato lo de la fiesta y ahora noto que la senda que lleva a ella es muy corta, por alguna razón ya no se ve tan lejos y ahora siento dentro de mi más gozo que cuando corría. Escucho a los lados, a las flores hablar entre ellas y a los arboles reír porque los acaricia el viento haciéndoles cosquillas. Las aves que me acompañan ya no las veo tan alto y las distingo mejor. Los animalitos acá abajo ya se unieron al rey león, a las panteras, a los coyotes, a los pumas, a los elefantes y a todos los demás para echarme porras por aminorar mi paso y por caminar más consciente en la vereda que voy andando. Ya estamos llegando al final del camino y, asombrada al llegar, veo que el sol en todo su esplendor está sentado sobre el mar y lo acaricia el viento desprendiendo de él llamaradas de fuego que nos calientan suavemente a todos los que ahí estamos en ese pedacito de tierra llena de magia. Todos de frente al sol se les ve felices y llenos de gozo. Yo me sume a ellos y es cuando escucho que están hablando de sus sueños, de sus debilidades y de sus metas. Los escuché a todos por mucho tiempo, tanto que ni siquiera me di cuenta que pasaron dos semanas desde que llegue ahí y dos semanas me tomo volver a casa pues en el regreso de lo que viví ya podía ver más cosas de las que vi cuando iba. Pero no solo eso... porque el haber estado conviviendo con todos los que conviví me motivo para decirte lo que paso el otro día en la clase mamá. No sabía cómo hacerlo pero hoy después de lo aprendido es mi deber decirte que **"El Otro Día Hablamos De Sueños Mamá"**.

EL OTRO DIA HABLAMOS DE SUEÑOS MAMÁ...

Te comento mamá, que hace poco en mi clase hablamos de los sueños y fueron tan buenos y tan maravillosos los que compartieron mis amigas

Que me quedé embelesada solo escuchándolas:

Una dijo, que su máxima ilusión era tener un corazón para poder compartirlo con todos.

Otra dijo, que quería tener esperanza para nunca verse tentada a sufrir por una caída.

Una más dijo, que quería tener vida,

Para así darle vida a los que están con ella.

Escuche que alguien más compartió su sueño pidiendo tener abundancia para acabar con la miseria.

Todas estábamos muy contentas ante tan benditos anhelos que el tiempo se nos pasaba volando.

Después cantando regalábamos unas a otras la sinceridad que ahí se vivía.

Ése día mamá, fue uno de los más memorables que yo tenga en mi cabeza.

Nuestro canto era muy fuerte porque nos salía del alma y del corazón.

Todo estaba iluminado en ése momento porque solo cosas buenas pedíamos todas.

Terminamos de cantar y seguían compartiendo lo que soñaban;

Recuerdo que una de ellas, la más lista, pidió tener fe, para nunca renunciar a nada.

La que nunca participaba en la clase, esta vez no quiso quedarse atrás y dijo entre timidez y alegría, que ella solo pedía ser sabía para ayudar al mundo a ver las cosas.

La niña que siempre jugaba con las rosas, solo pidió tener salud, para ayudar a quien lo necesitará y así compartir con la naturaleza por siempre.

De repente, se escuchó una fuerte carcajada llena de ternura desbordante, era de la radiante y única, compañera que siempre reía. Ella nos compartía que soñaba con tener alegría porque así nada le faltaba. No paraba de reír y nos contagió a todas en la clase...

Y ahora que recuerdo mamá, vivimos un trance solo de felicidad, porque para decir verdad, volteé a ver los rostros de todas y en todas las caras había solo brillo. – eso me gusto.

Seguíamos riendo y seguíamos compartiendo todas las cosas que pensábamos, no mirábamos el reloj porque habíamos atrapado el tiempo para nosotras.

Pues en esos momentos no había nadie más que no fuéramos nosotras mismas.

Recuerdo que una de mis amigas pidió tener fortaleza para sacar el gigante atrapado en su miedo y poder brillar ante el mundo, tomando ella misma el rumbo de su camino.

La más callada de la clase, sonreía, su cara brillaba de paz y también nos dijo cuál era su sueño:

Era poner más empeño en la justicia y en la igualdad para que así pudiéramos vivir todos con la justa verdad.

Desde atrás salió la que siempre se escondía,

Ella solo pedía ser tenaz y decidida, para que su vida no estuviera en la distancia.

También pidió ser valiente, porque siente que así como en ella, hay miedo en muchas personas.

Qué maravilla escuchar todo lo que escuché y vivir todo lo que viví. Sentí que no estaba en la tierra y que esto era producto solo de Dios.

Luego oí que la más chiquita de todas, pidió tener grandeza

Porque dijo, eso es lo que le falta al corazón de hoy en día.

También pidió armonía porque todo es un verdadero caos ahora.

Se escuchó de pronto un llanto y se le preguntó a la niña porque es que llora...

Sí lloraba mamá, pero era solo para pedir que también debe haber lágrimas.

Porque ellas son las que lavarán el alma después de tener arrepentimiento.

Yo siento, dijo la pequeña, que yo quiero tener lágrimas en mis ojos de vez en cuando porque ni soy tan mala, pero tampoco soy tan buena, y es en los momentos de maldad cuando necesito lavar mis culpas con el arrepentimiento, pensando en el amor.

Otra más que estaba muy atenta a todo,

Levantó la mano para decir que quería dolor

Todas la miramos con cara de incredulidad mamá...

¿Dolor? Le preguntó la maestra.

¿Dé que te serviría el dolor, si ése sentimiento es lo que menos pedimos hoy en día?

Ella avanzó al frente de todas, y muy serena, y muy tranquila

Dijo que en la vida debemos tener dolor, para saber lo bueno y lo malo. Para ser conscientes o inconscientes y, para descubrir lo que hay en cada una de nosotras.

Con las chanclas rotas, porque no tenía más...

Muy lentamente alzó la mano la niña que no tenía dinero;

Lo que yo sueño, más bien lo que yo quiero es tener humildad.

Porque es a través de ésta que los seres o son grandes o son pequeños y los sueños de grandeza sólo se dan en la medida de la adversidad.

¡Cuánta verdad en todas ellas y cuanto aprendizaje por atesorar!

Todas estábamos felices, tan felices que no queríamos ya parar.

Algo que me llamo la atención y que no comprendí en ése momento fue que una pidió tener riqueza...

Cuando lo compartió nos miró a todas y sin dudarlo nos dijo:

Mi mayor sueño es ser rica,

Tener muchas riquezas porque solo así alcanzaré la felicidad.

Y como yo vine, al igual que ustedes a ser feliz,
Ustedes también deberían pedir lo mismo.
La maestra al igual que todas nosotras, pensó que ése era un pensamiento de egoísmo.
¿Por qué pedir tal cosa, si es más hermosa la humildad que ya se había pedido?
Todas guardamos silencio y volteamos a ver a quien quería ser rica.
Ella ni se inmuto siquiera, porque era la primera que pedía algo así.
Sí… sí, quiero tener riquezas y las quiero tener en abundancia.
Porque entre más pobre sea, más mala seré
Y entre menos tenga menos podré ayudar.
Si no soy rica no podré viajar para conocer lo que no conozco
Ni podré llevar de la mano al hermano que quiero llevar.
Por eso quiero tener riqueza para que la pobreza se acabe.
Y así, todos podamos ser felices.
Después de escucharla,
Todas guardamos más silencio que la primera vez
Porque muchas no entendimos lo que nos estaba diciendo.
Yo las estoy oyendo a todas y pido lo que nadie ha pedido,
- decía muy segura otra niña.
Pido poder amarme a mí misma, para ser una flor en el campo
Y así, cuando llegue el viento y sople sobre mí y se lleve mi semilla pueda yo sembrar más vida en otras flores y darle más armonía a éste campo donde estamos todas.
¡¡Yoooo quiiiieeeeroooo teeeneeeer paaaaaaaaz!!
Se escucha un grito muy fuerte desde atrás.
¿Y para qué la quieres?
- le pregunto la maestra, pidiendo que se calmara.
Ella desesperada y tratado de contener toda esa avalancha de emoción, abrió su corazón para decirnos ya más serena:
Ahora que las oigo y que las veo, me doy cuenta que es más buena la paz de lo que yo creía.
Yo vivía y siempre he vivido en medio del ruido que me da la intranquilidad.
Nada entra en mis oídos sino es por mis ojos
Y nada entra por mis ojos si yo misma no lo veo.
Pero ahora que estoy aquí, creó que estaba equivocada
Porque siempre ha existido el todo y el nada y nos da la vida.
Por eso pienso que la paz me ayuda a ver más allá en mí
Y a descubrir que a pesar de las tempestades,
Hay verdades que no cambiaran.
Por eso pido paz, para ver más claramente y poder ayudar a calmar a los demás.
Y estoy segura que así, el ruido que ahora hay pronto se calmará.

Nada vendrá, sino buscamos primero la paz...

Por eso es que yo la quiero.

Se escuchó un ligero silencio mamá y después todas comenzamos a aplaudir sin parar.

Yo podía ver los rostros de todas ellas y en todas se había albergado la semilla del amor.

La flor de la que se habló hacia poco, parecía que había dado semillas antes de tiempo.

Porque en el intento de soñar, todas habíamos salido triunfadoras.

Éramos unas vencedoras en la vida y llevaríamos vida a los demás. Por eso hoy que estás leyendo ésta carta que te comparto con gran interés mama.

Te recuerdo que te amo, que te extraño, que te agradezco todo y que eres mi vida.

Que no se me olvida nada de lo que viví ése día y,

Que ahora sé que también quiero ser feliz porque nací para serlo.

Quiero amarme, para amarte a ti y amar a papa y amar a todos los demás.

Si me estás leyendo con atención,

Sabrás que quiero un corazón lleno de fortaleza y de valentía

Para que no haya tristeza que me venza, y en mis noches, también pueda ver el día.

Que la riqueza llegue a mí, y no para poder viajar solamente a conocer lo desconocido sino para encontrar lo que ando buscando.

Sé que estarás pensando mamá, que yo no compartí mi sueño en clase... pero no es así,

Y aquí te lo voy a compartir más claramente.

Yo fui la última en compartir su sueño mama pero como no se valía repetir lo mismo

Y yo también quería tener corazón para sentir que vivo.

Esperanza para ver luz donde haya obscuridad.

Vida, para llenarme de ella y poderla dar a los demás.

Abundancia, para dar de comer a los que no tienen.

Fe, para creer que encontraré y alcanzaré lo que busco.

Sabiduría, para ser más sensata y no reprochar por lo que ya es.

Salud, para seguir mi búsqueda incansable y alcanzar lo que quiero.

Alegría, para reír en medio del llanto.

Fortaleza, para avivar más mi andar después de una caída.

Justicia, para decir te amo a todos por igual, con hechos y con palabras.

Igualdad, para estar con todos y en todos.

Tenacidad y decisión, para no dejar que el cansancio se apodere de mí.

Grandeza, para poder aceptar que hay ayer, hoy, mañana y siempre.

Lágrimas y llanto, para lavar mis errores y purificar mi alma en las tempestades.

Dolor, para crecer y ser mejor cada día.
Humildad, para aceptar que lo que recibo, es lo que doy.
Riqueza, para llevar a otros conmigo a donde quiero ir.
Amor, para poder obtener todo lo que antes escribí,
Y paz, para después de amar, saber que es vivir.

Estaba difícil compartir con todas ellas lo que yo soñaba mamá,
Pues tenía que decir algo que no se hubiera dicho y que deseará con vehemencia.
Por mí mente ya había pasado todo lo que te escribí, solo me faltaba una cosa:
Deseaba y deseo con toda mi vida, poder encontrar a mi papá.
Les compartí que estoy sin él y que eso me ha hecho un poco retraída porque en mi vida solo tengo el amor de madre, pero me falta el de mi padre.
Les dije que si me ven callada, no es porque no quiera hablar
Sino porque para mirar más lejos, me faltan los consejos de mi papá. Y que si me ven que casi no sonrío, no es porque este enojada sino porque busco respuestas a la vida.
Además les compartí, que sé que pronto estaré con quien me dio la vida. Porque estoy segura mama, que ésa vida me la darás tú.
Así que como puedes leer, tengo un sueño muy firme, muy bueno y muy alcanzable.
Sé amable y ayúdame a conseguirlo, te lo pido por favor.
Finalmente, y ya para terminar ésta carta mama.
Te comento que lo vivido se fue dando de tal forma, que todas aprendimos de todas.
Y de cada sueño y de cada deseo ferviente ahí pedido
Se hiso en cada corazón un nido donde pusimos la semilla del amor, sin importar el color, la raza, la religión, el idioma o el dinero.
Fue algo que jamás ninguna de nosotras pensamos antes, y jamás habíamos vivido.
Bueno, ahora que ya has leído mi carta de sueños
Me retiro con más calma en mi ser y con más alegría interna
Porque te escribí esta carta con todo mi amor
Y va de parte de tu hija… de tu hija la más tierna.

¡Te amo mamá!

Ya por fin terminé mi carta de sueños y en ella puedes ver plasmados los míos, junto con los de mis amigas. Quiero que una vez más leas y vuelvas a leer mis sueños, porque dentro de ellos hay mucho de ti y de papa y, porque gracias a ustedes dos, soy la niña que soy y tengo el corazón que tengo. No hagas oídos sordos a lo que te escribí y recién terminaste de leer porque es a través de mis cartas que quiero que descubras lo que tanto me hace falta, lo que tanto quiero y lo que realmente sueño tanto para mí, como para ti, para papa y para todos en general. Si alguna vez sientes la necesidad de tener amor, no dudes que Dios está presto y atento a servirte con todo el amor que tú necesitas. Una vez más mamá, te recuerdo que las maravillas más grandes del ser humano no vienen de él sino del universo. Y es el infinito, el que nos hace ver lo diminuto que somos cuando renegamos por las pequeñeces que nos pasan y que son pruebas para crecer. Ya para terminar solo te digo que soy feliz al escribirte, al hacerte saber lo que deseo y mejor aún, al saber que más allá de la vida, más allá de las discusiones, más allá de las tristezas y más allá de las angustias y dolores... aún más allá... si mamá... aún más allá esta Dios aguardando por nosotros para ayudarnos y tendremos su mano amorosa y no vernos sufrir.

Te ama:

Tu hija, quien siempre sueña con su papá

Pd. En la vida, la vida debe tener sueños sino no es vida. Yo los tengo... ¡Así que quiero vivir!

CARTA VEINTE

Solo un regalo te pido en mi cumpleaños...
¡A mi Papá!

"EL REGALO MÁS GRANDE QUE PODEMOS DAR, ES
EL AMOR... ¡COMENCEMOS A SER GENEROSOS!"
Agustín Carranza :/II

He regresado de mi escuela y como cada año, mis amigos en el jardín, sin que yo lo recuerde y sin que me lo espere, me han preparado una fiesta de cumpleaños. Ya faltan solo tres días para que lo sea y a ellos les gusta darme la sorpresa en forma anticipada, para que no los descubra haciendo algo por mí. Siempre están pendientes de todo lo que concierne a mi persona y eso es algo invaluable, que yo les agradezco y que llevaré en mi corazón hasta el resto de mis días. Han escondido todo lo que prepararon para la fiesta y se pusieron de acuerdo para que mis perritos, mis gatitos y mi amigo sol, junto con mi amiga luna y las estrellas, me lleven al pie de mi amigo el árbol, quien amoroso, baja sus ramas muy suavemente para protegerme con ellas y darme amor. Una vez que estoy recostada al pie de él, los perritos y los gatitos se acomodan a cada lado de mi cuerpo y con su calor y ternura me arrullan. El sol a propósito me lanza rayos muy tibios para provocarme sueño, mientras que la luna y las estrellas me guiñen un ojo y cómplices con todos, me ayudan a dormir muy rápido. Quedó profundamente dormida y no sé por cuento tiempo, solo sé que estoy en brazos de la alegría, de la esperanza, de la fe y del amor, y que estoy rodeada por todos ellos. Me veo disfrutando de lo que vivo en sueños y alegre juego, brinco, corro, grito y canto. Luego sin esperarlo, escucho que mis amigos pajaritos empiezan a acompañarme en mis canciones y yo feliz lo continúo cantando. Volteo y veo a todos lados, y en todos lados solo hay armonía, solo hay paz, solo hay júbilo y solo hay amor. De pronto, todo queda quieto y callado, y empiezan a alejarse de mis sueños los seres que en él veo y que me hacen feliz en ese momento. Sin explicación alguna, comienzo a escuchar el trinar de las aves, sobre mi amigo el árbol, y poco a poco, ése trinar se convierte en un canto de felicitaciones... me están cantando las mañanitas por ser mi cumpleaños. Pienso que sigo dormida, pero de repente mi amigo el árbol acerca sus ramas y me hace cosquillas para que despierte. Yo despierto, y es cuando escucho a viva voz el maravilloso canto de cumpleaños, que para mí han preparado todos, pues todos me están cantando ahora. Las lágrimas de felicidad, empiezan a rodar por mis mejillas porque siempre me sorprenden con tanto amor. Mis vecinos han dejado un regalo para mí en el jardín y desde atrás de su ventana, como es su costumbre, me mandan besos y felicitaciones. Yo les agradezco a todos lo que hacen por mí y no encuentro palabras para decirles cuanto los quiero y cuanto me hacen feliz. Pasamos muchas horas con el festejo, y luego uno a uno, me da un abrazo, un beso y se despiden de mí para ir a descansar y a dormir porque mañana continuarán con más energía dándome su amor. Después de esto, me recargo en mi árbol, él me acaricia en silencio, respetando mi privacidad.

Las flores desprenden sus mejores perfumes y me lo regalan, sonríen y calladas me acompañan. La luna ya está en lo alto del cielo, y las estrellas, desde allá me bendicen con su luz, como si ya supieran que quiero escribir. Se acercan a mí para alumbrar éste papel, en el que escribo ésta carta, donde solo hago una petición y que no se trata de ningún juguete en particular, o de algún pantalón, o vestido, o blusa, o zapatos, ésta vez no pido nada de eso, porque cada año me regalan todo lo que es material. Esta vez, éste año quiero algo completamente diferente, algo más perecedero, más completo y que me hará más feliz, y más dichosa. Por tanto mamá, **"Solo Un Regalo Te Pido En Mi Cumpleaños... ¡A Mi Papá!"**

SOLO UN REGALO TE PIDO EN MI CUMPLEAÑOS...
¡A MI PAPÁ!

Pronto será mi cumpleaños
Y como desde hace años, otra vez lo festejaré sin papá.
Me hace mucha falta porque necesito de él para sonreír,
Para vivir y para recorrer con más seguridad el camino.
¿A qué hora vino la ausencia de él mama que ya no la recuerdo?
Ya hace mucho tiempo que estoy sin su cercanía
Y la lejanía me está haciendo que no lo alcance a recordar.
Lo quiero mirar para saber que ha cambiado en él
Y para que me diga las cosas que tú te niegas a decir.
Vivir no me ha sido muy placentero, pues me hace mucha falta.
Es tanta la distancia entre nosotros que no alcanzo a ver dónde comienza ni alcanzo a ver si algún día tendrá final.
Mirar el cielo me conforta y ver las estrellas me llena de alegría
Porque en mi día de cumpleaños, otra vez estaré sin papá.
Mamá, estoy aquí escribiéndote nuevamente,
Una vez más otra carta para que sepas que necesito de papá.
En la escuela he sido una de las niñas más sobresalientes
Y nunca han estado presentes ustedes dos, únicamente tú.
Me han felicitado por ser de las mejores
Pero nunca se me ha premiado con ver a mi papá.
Soy una de las niñas que saca las mejores notas
Y sin embargo, de las únicas que no tiene papá.
Siempre que hay cualquier evento en mi escuela
Todas llegan de la mano de sus padres muy orgullosas,
Muy coquetas y hasta cierto punto vanidosas, pasando de largo junto a mí.
Yo me alegro por ellas, pero me duele estar sola.
Mis lágrimas se han agotado con el paso de los años
Porque han sido ya tantas las que he derramado…
Que estoy segura, inundaría la ciudad donde vivo.
No concibo que tú te sigas manteniendo en el silencio mamá
Y que aunque me veas preguntar y sepas lo que me hace falta
Sea tanta tu indiferencia, que prefieras hacerte la occisa.
Recuerdo que el otro día en la repisa, donde ponemos las fotos.
Te dejé una nota que a la letra decía:
Mamá, ya he pasado muchas fiestas sola y ya no quiero que así siga.
Que Dios te bendiga
Y te ablande el corazón para que me ayudes a encontrar a papá.
Pronto será mi cumpleaños nuevamente y quisiera que estuviera presente él.

No te pido regalos ésta vez, ni quiero que te esfuerces en la celebración.
Yo solo quiero que me des, lo que tanto anhela mi corazón… ¡Estar con papa!
Escucha mi suplica y haz de mi fiesta la más gozosa.
No seas tan rencorosa y ayúdame a vivir.

Tu hija que te ama mucho. Gracias por ser mi mamá.

No sé si hayas visto y leído mi nota mamá
Pero si no es así, aquí te reescribí en ésta carta lo que en la nota te dije.
Espero que cuando la leas, hagas consciencia,
Y por fin sepas que es el amor hacia mí.
No quiero sentir y oír solo tus palabras,
Sino ver con tus actitudes que así lo sientes.
Sé que mientes en tus comentarios sobre papá muchas veces
Pero cada vez te es más difícil seguirlo hacienda.
No solo porque yo estoy creciendo, sino porque ya tengo más uso de razón.
Estas más frustrada cada día porque las cosas ya no son como antes
Y porque el control sobre mi está disminuyendo más,
Pues ya empiezo a opinar.
Ya puedo mirar más allá de lo que antes yo veía.
Por eso, antes que se llegue el día de mi festejo,
Quiero hacer un poco de memoria
Y al hacerlo me doy cuenta que casi no recuerdo nada de papá
Porque hace tanto que se fue que solo mares de olvido de él encuentro.
No te miento en esto mamá, es por eso la urgencia de volver a encontrarlo.
Para mirarlo, y estar segura de que sentimiento tengo aún por él.
Ayer dije que lo amaba, ¿Pero qué pasara cuando lo vea?
¿El sentimiento será el mismo que creo tener?
O será que si lo vuelvo a ver,
¿Todo será completamente distinto a lo que creo?
¿Me lanzaré a sus brazos para abrazarlo como lo he imaginado?
O será que al tenerlo a mi lado,
¿Seré tan indiferente con él, como lo eres tú conmigo muchas veces?
Estoy ansiosa porque llegue ése instante
Para saber de una vez por todas que siento
Sé que es mi padre,
Pero la ausencia es tanta que ya no sé si lo amo como digo
O si solo es un amor en mi pensamiento y en mi corazón.
Quiero saber de una vez por todas,
Que mi sentir por él es real y no una ilusión.
Trato de regresar a los momentos vividos a su lado

Pero son tan pocos que no sé dónde lo tengo guardados.

Ya busqué en mi mente y lo único que se siente, es cansancio de pensar.

De buscar algo que está muy escondido

Y que hiso nido en alguna parte de mi ser.

Sigo hurgando en mi cabeza y la pereza me empieza a invadir

Porque no quiero pensar.

Como lo he de recordar, si hace mucho que no está conmigo.

Luego voy a mi cuarto y busco entre mis cosas, para sorpresa mía,

Nada de él tengo.

Ansiosa por encontrar alguna pista de él en mi vida

No me queda otra salida que sincerarme conmigo misma.

Estoy consciente que quiero saber de papá y que no se de él.

También tengo presente, que hace mucho se marchó sin decir adiós

Dejándonos a las dos, a mamá y a mi muy solas.

Por eso quiero que este año, mi festejo sea diferente mama.

Porque ya es tiempo de saber la verdad y estar junto a mi padre.

Respiro profundo, esclarezco mi mente, quito todo lo que me ofusca.

Alejo lo que me asusta,

Y comienzo a buscar a papá dentro, muy dentro de mí.

Al principio no veo nada

Porque sigo viendo el mar de soledad y de abandono

Y como aún no se lo perdono, ¿Cómo lo podré encontrar?

Después, a mi mente llega un hilo de luz, y empiezo a sentirme mejor.

Mis nervios se relajan, mi cabeza descansa,

Y mi cuerpo empieza a pesar menos.

Empiezan a ser ajenos los malos sentimientos guardados por tanto tiempo

Que al respirar profundo, el mismo viento se convierte en vida

Y a la salida de mi cuerpo, solo aire negro expulso sin esperarlo.

Para sorpresa mía y sin dar crédito a lo que pasa, ¡sí!

¡Síí!… ¡Ahí está él!… ¡Ahí está papá, empiezo a mirarlo!

Como no recordarlo ahora, si luce como cuando se fue.

Aún tiene esa sonrisa que tanto me encantaba y que me gustaba oír.

Sus gestos hacia mí no han cambiado porque me sigue extendiendo sus brazos amorosos,

Sus ojos buscan los míos, para que sean cómplices nuevamente de la alegría

Y el día me parece corto estando con él.

Ya no es ayer, ya es hoy, y hoy sé que él no está en mi pensamiento.

Está en mi alma, está en mi corazón y en mi razón de vivir.

Ahora lo puedo sentir y sé que sí lo sigo amando.

Que lo sigo extrañando porque es mi padre.

Ya descubrí que para tenerlo en el pensamiento

Debo vaciar mi mente de malos sentimientos
Y alimentarla con las cosas buenas que tiene la vida para mi
Porque solo así, es que podré llegar a ver no solo la luz
Sino a tener para siempre el amor… el amor de mi padre y el de mi madre.
Estoy convencida de lo que quiero en mi cumpleaños mamá
Y no me importa nada más que ver, estar y disfrutar a mi papá.
Claro que te amo a ti,
Pero compréndeme que él es parte esencial en mi vida
Por eso en éste mi próximo festejo de nacimiento,
Quiero que las cosas sean muy distintas
Y que mi regalo ya no sean juguetes, sino papá.
Te agradezco por todos los pasteles de los años pasados
Y por todos los adornos que ponías en mi nombre, en toda la casa.
Nunca olvido nada de lo que con tanto esfuerzo haces por mí
Pero ésta vez quiero vivir algo distinto…
¡Quiero tenerlos a los dos cerca mío!
Para que el frío de soledad se aleje de una vez y para siempre
Y para que el corazón se ilumine de amor por mis padres.
Así que ya lo sabes mamá,
Ahora pongo en tus manos mis más benditos deseos.
No sé cuándo verás mi carta para que la puedas leer
Pero espero que pueda ser antes de que llegue mi cumpleaños.
Me despido ansiosa porque llegue ése día
Y porque sé, que desde la lejanía… papá vendrá cual si fuera un rey mago
Y mi mayor regalo… será tenerlos juntos a los dos mamá.
Gracias por todo y recuerda que te amo.

Leíste mi carta mamá y cómo pudiste darte cuanta es una petición muy real, muy válida, muy necesaria y muy esperada por mí. Espero puedas ayudarme a materializarla y a llevarla a cabo, para así, darme la alegría, que me ha sido negada en el transcurso de todos estos años pasados y vividos sin mi papá. Por mi parte te agradezco, leas todas mis cartas porque sé que servirán para que cambies de actitud y te hagas más sensible al dolor de los hijos que no tenemos padre, por culpa de las madres que como tú, creen inocentemente que alejándonos de ellos sanarán su dolor, mitigarán su pena y arreglarán todos sus problemas. Cuando la verdad es que únicamente hacen de nosotros, los hijos sin papá, seres más indefensos, menos fuertes, más inseguros y con más dudas de lo que es un núcleo familiar. Como voy a creer en la familia, si tú misma mamá, no estas predicando con el ejemplo. Dame la seguridad familiar que necesito sin importar lo que haya pasado entre ustedes, porque entre ustedes fueron los problemas, y yo estoy ausente de eso. Haz caso a mis suplicas, y a mis ruegos, y no me regales nada más que no sea a mi papá. Te amo mamá y por siempre lo seguiré haciendo.

Tu hija que solo quiere estar con su papá.

¡Esperando con ansia mí regalo!

Me despido feliz de ti mamá…

Porque te amo

Pd. El mayor regalo del mundo, no es un mundo material, sino un mundo lleno de justicia, de paz, de armonía, de igualdad, de esperanza, de fe… pero sobre todo de amor. Dame el Segundo mundo mamá.

CARTA VEINTIUNO

QUIERO SER YO QUIEN PONGA LA ESTRELLA

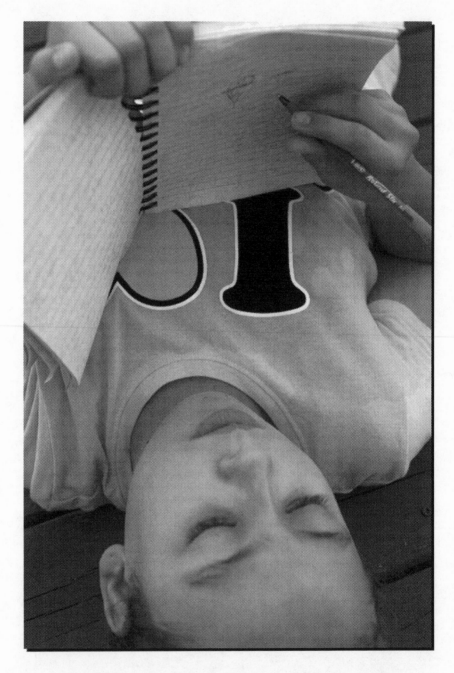

"PARA DAR LUZ, DEBEMOS TENER LUZ, PARA DAR AMOR, DEBEMOS TENER AMOR Y PARA DAR VIDA, TAMBIÉN DEBEMOS TENER AMOR"

Agustín Carranza :/II

Hoy que cayó nieve y que cubrió mi casa, la calle, el parque, mi jardín y todo, y que todo luce así de blanco y con tanta magia…es la oportunidad perfecta para tomar fotos y llevarlas en mi álbum mental siempre y revelarlas cuando ya sea un mujer adulta, o cuando tenga hijos o, cuando necesite revelarlas evitando así, la tristeza, la soledad y las ganas de llorar por el abandono. Hoy que está nevando me lleno de nostalgia y como siempre que estoy así, me vengo aquí, a desahogar con mis amigos en el jardín y junto a ellos hacer menos pesada y menos prolongada mi soledad. Es tan lindo verlos jugar a todos en armonía y llenos de amor. Los copos de nieve caen muy suaves que al tocar mi mano se deshacen por arte de magia. Ellos juegan, brincando para alcanzarlos primero y, sus risas son tan sonoras que hasta los vecinos en la ventana los veo que se contagian y también están sonriendo. Luego todos corren uno tras otro como queriendo alcanzarse pero sin hacerlo, para que el juego se prolongue y la alegría dure más. Las aves en el cielo tocan las campanas, recordándome que es hora de hacer a un lado mi tristeza y momento justo para comenzar a sonreír y comenzar a pedir a Dios, mis más caros anhelos de vida para el año que está por comenzar. Yo reacciono y empiezo a integrarme a mis amigos, todos jugamos, reímos, cantamos y bailamos hasta más no poder. Ya puse en mis manos a mamá conejo, le hice cosquillas y no para de reír, luego sin darme cuenta, atrás de mí, hincada como me encuentro, se acerca papá conejo, los hijos y las ardillitas, y todos juntos me hacen cosquillas a mí y ahora soy yo la que no dejo de reír. Yo grito que ya es suficiente y que ya no puedo más, ellos solo se ríen conmigo y dejan de hacerlo. Ahora se acerca a mi uno de los pajaritos y me dice que hagamos un trineo para que sea tirado por los perritos y los gatitos, amigos nuestros también. Mi amigo el árbol me regala de su madera y me ayuda a hacerlo. Una vez terminado, arriba de él están los conejos, las ardillas, los pájaros y las flores, y comenzamos a avanzar por el interminable jardín que sin esperarlo creció en tamaño, en hermosura y en esplendor. Ahora hay montañas, hay lagos, hay ríos, venados, alces, renos, tigres, panteras, leones, camellos, de todo… hay de todo y todos muy amistosos juegan con nosotros. Mis perritos y mis gatitos incansables surcan todos los senderos que nos llevan a la felicidad. Es tan único lo que vivimos que no queremos que termine, pero después de todo un día de juego, todos nos agotamos y volvemos a la realidad, al jardín donde empezamos.

Yo me siento al pie de mi amigo el árbol porque este día nevado, me recuerda muchas cosas que ya he vivido, así que, aprovechare la ocasión para escribirle una carta a mi mama y decirle que ésta navidad **"Quiero Ser Yo Quien Ponga La Estrella"**.

QUIERO SER YO QUIEN PONGA LA ESTRELLA

Han pasado varios años mamá y siempre que llegan éstas fechas me pongo
melancólica y triste.
Aunque mi corazón se resiste a éste sentimiento
Muy dentro de mí hay un gran vacío.
El frío que invade mi alma, nada lo calma hasta ahora.
Mi ser añora sentirse feliz y completo por un momento.
Pero solo siento que entre más deseo estar en paz, más me da la nostalgia.
Te comento mamá que afuera la nieve comienza a caer
Y desde ayer me siento así como te explico.
No sé si es porque todo el ambiente luce nublado
O porque necesito a mi lado lo que tanto me hace falta… mi papá.
La nieve sigue cayendo
Y se van convirtiendo bellas montañas con figuras hermosas.
Las rosas del jardín juegan coquetas y lucen como nunca.
Las ardillas de allá afuera mamá,
Salen de su madriguera y comienzan a bailar en medio de la pista.
Mi vista alcanza a distinguir a unos niños haciendo un muñeco de nieve.
Veo que otros más solo quieren lanzarse a la aventura
Y comienzan a andar, hundiendo los pies en el suelo.
Para dejar sus huellan en el camino y que otros los puedan seguir.
¿A dónde van?- no lo sé.
Pero si alcanzo a ver que caminan seguros de a dónde van.
Están tan absortos en su camino, que nada los detiene y felices continúan.
Ellos disfrutan cada paso que dan
Y se lanzan bolas de nieve en son de juego.
Luego veo que alzan la mirada al cielo, abren los brazos y se dejan caer.
Se les puede ver muy contentos mamá y yo gozo con ellos.
Sigo observando todo el panorama para grabarlo en mi mente
Porque mi corazón siente, que ésta navidad será distinta para mí.
Montaña arriba alcanzo a distinguir unos renos,
Que ajenos a todo, comen tranquilos lo que el bosque les da.
Todo está perfecto para hacer una pintura
Por la armonía y la hermosura de todo lo que contemplo.
Un poco más contento,
Mi ser comienza a ver la luz que hay en el firmamento
Y a deleitarse aún más con todas las formas que hay en el cielo.
Primero, recuerdo que las navidades pasadas aquí en casa
Todo era algarabía y esperanza por hacer las cosas mejores
Y, porque los peores momentos de cada una de nosotras

Se convirtieran en amor.

Al calor de un rico chocolate y con galletas en la mano

Mirábamos todo lo que la vida nos había dejado a su paso.

Recuerdo que te ayudé a colocar el árbol navideño y a ponerle las luces.

Luego con mucho esmero y gran empeño, le colgamos los adornos

Porque sin ellos, el árbol no luciría como debe lucir.

Al verte sonreír mamá, te dije que eres muy linda y que te amo.

Tú, cariñosa te acercaste a mí, me disté un abrazo

Y me tuviste en tu regazo por no sé cuánto tiempo.

Yo me olvidé de todo

Y me dejé llevar por aquel gesto sincero y lleno de cariño.

Estuvimos así por mucho tiempo,

Tanto que debimos encender las luces porque dentro de la sala todo empezaba a oscurecer.

Continuamos con los arreglos y con sonrisas de alegría en la cara

Porque no había nada que empañara ése momento mágico.

Luego al pie del árbol comenzamos a poner un nacimiento

Que es el cimiento de dónde venimos.

Colocamos el pesebre, los pastores, las ovejas,

Hicimos un río con papel aluminio

Y con mucha destreza y gran naturalidad,

Colocamos musgo a todo, aparentando un bosque.

Cada que avanzábamos en el nacimiento,

Más mágico lucía y más magia nos daba.

Varias hadas colgamos del pino que es nuestro árbol de esperanza

Y el árbol que tendríamos para éste año que pronto terminaría.

La melodía que escuchábamos en el ambiente era el niño del tambor

Y ambas la cantábamos para no romper con lo que vivíamos.

Seguimos dándole forma al nacimiento y colocamos luego,

Burros, caballos, camellos,

Y aunque eran enormes… colocamos también elefantes.

Hicimos una fuente de papel y en las montañas que ya habíamos formado, colocamos un venado con muchos de sus familiares.

Juguetones como siempre, no podían faltar los conejos,

Las ardillas, los perros y los gatos.

Todo lo que poníamos cobraba vida y hacía que nosotras entráramos en él.

Lo vivimos de tal manera,

Que queríamos dejarlo ahí colocado por siempre.

De repente se acabó la música y pusiste otra que me encanta…

Por el camino de belén

Seguimos cantando y formando lo que sería nuestra vida por un mes... ¡El árbol y el nacimiento!

Contento lucía el Niño Dios por todo lo que veía que también quería cantar... ¡Y cantó!

Lo tomaste en tus manos mamá, y lo pusiste dentro del pesebre

La liebre estaba muy atenta a todo y jubilosa corría por la llanura.

Con mucha ternura me pediste que tomara en mis manos a la Virgen María y al Sr. San José

Y los postrará de rodillas frente al Niño Redentor.

Ellos con un gesto de amor, me miraron y agradecieron lo que yo hacía.

Yo no creí que lo estaba viendo, pero plena continué construyendo ése mágico paisaje.

Del plumaje que hay en mis almohadas, sacamos algunas, para ponerlas a los pies de tan sagrada familia sobre el ya colocado heno.

Los renos corrían por todo el boque que habíamos formado

Seguidos por los conejos y acompañados desde el aire,

Por las palomas, los halcones y las águilas.

Continuamos con nuestra labor mientras todos ellos disfrutaban.

Creímos que ya estaba todo terminado... pero nos faltaban los reyes magos.

Ellos apacibles y en silencio solo nos veían,

Pues sabían que por un momento los habíamos olvidado.

Recuerdo que tú tomaste en tus manos el camello, el caballo y el elefante

Y al mismo instante yo puse en las mías a Melchor, Gaspar y Baltazar.

Seguidamente los colocaste en medio del pequeño desierto

Que también hicimos.

Y yo los monté a cada uno en su animal y amigo preferido

Para luego vestirlos con sus majestuosos atuendos.

Atrás de ellos quedó el oasis de vida,

Para ir en busca de la nueva y para siempre.

Ya había desierto, ya había bosque, ya había fuentes, ya había oasis, ya había animales en la tierra y en el cielo, ya había pastores, ya había reyes, y ya estaba el Niño Dios y sus padres...

¿Qué más faltaba?

Si ya había música de alegría en todos ellos y en nosotras también.

Rodolfo el reno se escuchaba ahora en el aire y aunque ya muy tarde

Todo lo que ahí se vivía era sólo amor.

Nos miramos orgullosas por lo que habíamos terminado,

Y a nuestro lado, todos nos aplaudían sin parar.

Pudimos mirar que la magia se apoderó de todo porque todo tenía vida ahora.

Ya la aurora comenzaba a nacer nuevamente, cuando de repente,

Las campanas que colgaban del árbol replicaron recordándonos que era hora de vivir.

Nos retiramos a poca distancia para contemplar la obra terminada

Todo estaba perfecto, solo le hacía falta una cosa... la Estrella de Belén.

Ésa que guiaría a los reyes magos, a los pies del Niño Jesús para adorarlo.

Como yo no podía alcanzar la cima del árbol...

Eras tú quien siempre la colocaba mamá.

Una vez puesta en su lugar... la magia se había completado.

Ahora podíamos sentir la armonía, la paz, el amor,

La esperanza y toda la alegría de la época.

De todo el año, éste es el mes,

En el que las personas son más sensibles al amor y a la tristeza

Por eso en mi cabeza, ahora que ha pasado el tiempo hay un mucho de ella.

Y es que la estrella que tú siempre ponías mamá,

Ésta vez quiero ser yo quien la ponga... pero de la mano de mi papá.

Ésta vez quiero estar de su lado para vivir la misma experiencia que contigo.

Decirle que lo vivido en tu compañía ha hecho de mis días algunos nublados, otros lluviosos, pero muchos de ellos llenos de sol.

Contarle que cuando tu té caíste mientras colocabas las campanas

Parecíamos como hermanas pues hacíamos mofa por eso y tú no te enojaste.

Más bien me miraste divertida y como nunca en tu vida,

Comenzaste a sonreír.

Quiero tomarles una foto ahí, junto al árbol de mis deseos

Y llevarla para siempre en mi pecho porque en él...

En él están viviendo los dos.

Luego quiero que nos tomemos una los tres para que todos la tengamos en el corazón

Y sea una razón para nunca más estar cabizbajos ni albergar melancolía.

Quiero que se llegue ése día mamá,

Por eso aquí tras de mi ventana estoy triste.

Afuera sigue nevando y los niños ya hicieran varios muñecos de nieve

La estrella comienza a brillar en el firmamento y yo siento que ésa luz es para mí.

Ésa luz es la que como a los reyes magos,

Me guiará para encontrar a mi padre.

De mis ojos brotan lágrimas y resbalan suaves por mis mejillas.

Al caer en el suelo forman tres corazones...

El tuyo mamá, el de papá y el mío.

Yo los contemplo y la estrella los ilumina

Y ellos se unen en forma inesperada.

Oigo que un hada mágica me susurra al oído;

Que todo el dolor vivido ha llegado a su fin y por fin viene la recompensa.

Después el ángel de mi guarda,
La respalda y agrega que ésta guerra terminó.
Que todas las ansiedades, las tristezas, los llantos y sinsabores
Así como el dolor, la nostalgia, el abandono y la soledad,
Han cosechado sus frutos… y estoy próxima a disfrutar de mi padre.
Ya veo más alegría allá afuera porque hay más animales,
Más niños, más arboles
Más de todo, porque todo está concluido.
Lo vivido hasta ahora ha sido un verdadero cuento
Y dichoso y contento mi corazón…
Espera con paciencia re-encontrarse con mi papá.
Te informo mamá que ya estoy más que lista para cuando llegue ése momento
Porque más que nunca siento deseos inmensos de llorar… pero de contenta.
Ahora si mamá, solo espero que dejes que sea yo
Quien ponga la estrella en el árbol éste año.
Te amo mamá y por siempre te amaré.
Feliz navidad para ti, para papá y para todos en el universo.

Es bonito estar llena de recuerdos buenos, de momentos que nos hagan sonreír en medio de las dificultades, y de momentos que aunque pase toda una vida, caminen de nuestro lado para ser abiertos cada vez que necesitemos de ellos mamá. Por eso hoy que está nevando afuera, a mi mente llegó toda esa avalancha de alegría que ya te escribí. Quise compartirte por medio de ésta carta, lo que siento, lo que vivo, lo que pienso y lo que deseo. Espero hayas puesto atención a todo lo que te escribí, porque en ella van más que solo deseos de poner un árbol éste año. Por otro lado te recuerdo que aunque pase el tiempo nunca dejaré de amarte y procuraré de hoy en adelante solo tomar fotos, que las cámaras normales no pueden tomar, para llevarlas conmigo siempre. Te invito a que hagas lo mismo y a que comiences a cambiar tu egoísmo por generosidad, tu orgullo por humildad, tu soberbia por benevolencia, tu ansiedad por paz, tu rencor por comprensión, tu inseguridad por sabiduría, tu amargura por luz y tu luz en amor.

Me despido de ti mamá no sin antes decirte: que te amo, te extraño y por siempre vivirás en mí.

Tu hija que en navidad pide una sola estrella y una sola luz… ¡El amor!

Mamá, esta es mi última carta por ahora.

Me despido de ti momentáneamente y te recuerdo:

Que:
Si das Amor, recibes Amor
Si das Paz, recibes Paz
Si das Alegría, recibes Alegría
Si das Luz, recibes Luz
Si das Justicia, recibes Justicia
Si das Verdad, recibes Verdad
Si das tu corazón, recibirás a Dios.

Por siempre te amara:
Tu hija

Pd. Si en ésta época de amor, tú me das dolor, mejor no lo quiero... Prefiero vivir en soledad para buscar la verdad a solas.

SOLO UNAS PALABRAS FINALES

Le pongo alas a mi corazón y con él a éste libro también, para que juntos surquen los cielos de la consciencia, navegando en las nubes de la razón, de la esperanza, de la fe y del amor. Culminando así, en el horizonte infinitamente claro, adornado solo por el arcoíris y alumbrado por la luz que ahí se encuentra.

Que éste libro sirva para valorar una de las prioridades que en la vida ya se está perdiendo, la familia. No dejemos que lo acelerado de nuestra época nos rija y nos diga que debemos hacer, porque eso solo nos lleva a la soledad y al desamor. El amor, es en sí, la prioridad número uno por la que todo ser humano y todo ser viviente debe regirse. Nada hay que no nazca de él, por eso debemos vivir en amor para después tener una familia y consagrarla a éste sentimiento.

No debemos dejar llevarnos por la impetuosidad del momento, ni por la ceguera de la irá, porque con esto solo conseguiremos hacer más daño que sanación. Usemos la razón como arma de defensa y seamos más humanos. Comencemos a vivir en amor… es difícil pero de lo más gratificante.

Espero que después de haber leído éste pequeño y humilde libro haya sido tocada una parte importante de tu ser para bien de tu vida, de tu forma de actuar y en bien de los que te rodean porque siendo así, podré decir que cumplí parte de mi cometido en nombre del maravilloso sentimiento que es el amor y del universo que es tan bondadoso con todos.

Gracias por permitir compartir contigo, parte de lo que mi corazón tiene y siente, por el deseo de seguir viviendo.

Espero tener la oportunidad de seguir en contacto contigo a través de mis libros.

Eternas gracias y recuerda:

Verdad ante todo
Lucha sin descanso y,
Amor por siempre

RECONOCIMIENTO

Por su Paciencia, Respeto, Apoyo y Amor Incondicional:
                    Mi Esposa: ELFRIDA KRUGER

Por el Amor Incondicional, Paciencia y Apoyo en la Distancia:
        A mi Mamá, mi Papá (Q.E.P.D.) y todos mis Hermanos y Hermanas

Modelo de Portada e Interior del Libro:
                    Niña: SUSANA CARMEN GARCIA

Autorización para tomar fotos a la Modelo:
                    Papá de la Modelo: MAURICIO GARCIA CAMARA

Diseño de Portada y Fotografía:

                            R. SANTILLAN

        Gracias infinitas porque sin su ayuda, este trabajo era inconcluso.

BIOGRAFÍA

Agustín Carranza nació en una familia formada por cuatro hombres y cuatro mujeres, siendo él, el tercer hijo. Es de origen mexicano, radicado en Texas, Estados Unidos desde el año 2000. Escribió su primer poema mientras cursaba la Secundaria, su siguiente poema titulado "Esa Noche" fué escrito mientras cursaba la Preparatoria. Tiempo después dejó de hacerlo, pues no sabía que era algo innato que debía desarrollar, hasta que a finales de 1989 el Seminario de la ciudad de Morelia, Michoacán, lanza la convocatoria a nivel estatal para un Concurso de Cuento Vocacional dónde el autor escribe: "Una Navidad, Una Vida", mismo que es galardonado con el primer lugar. Después de eso, participa en cuatro concursos radiales de Poesía alusiva a la madre, donde gana todos. Sigue escribiendo de manera esporádica en los años venideros hasta que un año después de su llegada a los Estados Unidos lo comienza a hacer con más frecuencia. Empieza a prestar atención a lo que plasma en papel y descubre a través de la escritura: la libertad de pensamiento y sentimiento que ayudan en parte a crear conciencia sobre nuestras actitudes, experimentando la liberación de un cúmulo de emociones. Se da cuenta de la magia y el poder que tiene la escritura para dar vida a un mundo mejor, reivindicando así, al amor como eje principal de nuestras vidas.

Escribe cartas inspiradas en su hija sin imaginar que posteriormente darían vida a "20 Cartas a mi Madre y una a Dios".